내
인생의
선물

내
인생의
선물

펴낸날 2020년 2월 7일

지은이 권하진
펴낸이 주계수 | **편집책임** 이슬기 | **꾸민이** 유민정

펴낸곳 밥북 | **출판등록** 제 2014-000085 호
주소 서울시 마포구 양화로 59 화승리버스텔 303호
전화 02-6925-0370 | **팩스** 02-6925-0380
홈페이지 www.bobbook.co.kr | **이메일** bobbook@hanmail.net

ⓒ 권하진, 2020.
ISBN 979-11-5858-633-1 (03810)

※ 이 도서의 국립중앙도서관 출판시도서목록(CIP)은 e-CIP 홈페이지(http://www.nl.go.kr/
cip)에서 이용하실 수 있습니다. (CIP 2020002511)

직장과 은퇴의 길목에 선 한 액티브 시니어의 인생 흔적

내
인생의
선물

권하진

중년의 삶, 어떻게 살아야 할까?

늘어난 40년의 수명을 대비하는 한 시니어의
자기계발, 주거·건강관리, 인간관계 에세이

prologue

치열한 삶을 살아온 '나'라는 중년에게

'중년의 삶을 어떻게 살아야 할까?'

고민을 안고 서점에 갔다. 관련 책을 찾지 못했다. 청소년, 베스트셀러, 키즈 등 다양한 코너가 있었지만 중년의 삶에 관한 코너는 없었다. 서점 직원에게 물었다. 직원이 말했다.

"투자, 재테크 코너에 가서 찾아보면 있을 거예요."

그리로 가서 찾아보았다.

놀라운 것은 은퇴를 위한 보험, 연금 등 자금 관리가 중년의 삶에 관한 책 대부분을 차지하고 있다는 점이었다.

'중년의 삶을 어떻게 살아야 할지' 질문하고 준비하기 위해서 서점을 찾았는데 자금 관리에 관한 책이 주종이라니…. 대부분의 관심이 노후 자금 관리에 쏠려 있는 것 같았다.

내가 어렸을 때 부모님 세대의 수명은 60세였다. 중년이 된 지금은 100세 시대로 바뀌었다. 늘어난 40년의 충격을 감안하면 노후 자금과 건강이 우선이라는 사실을 새삼 깨닫는다. 하지만 새로운 의문이 불쑥 올라왔다. '건강과 돈 문제만 해결하면 중년의 삶을 잘 산다고 할 수 있을까?' 이 의문에 답을 주는 책은 찾을 수 없었다.

늘어난 40년을 대비하고 중년의 삶을 풍족하게 채우기 위해서는 삶의 질을 높이는 자기계발, 주거생활, 취미생활, 인간관계, 건강관리 같은 다방면의 준비가 선행되어야 한다는 사실은 간과할 수 없다.

나도 포함된 베이비 붐 세대는 인구가 제일 많은 세대, 중년에 접어들어 구매력이 가장 큰 세대, 우리나라 경제의 급격한 성장에 가장 많이 기여하고 치열한 삶을 살았던 세대, 지금 사회 각 부분에서 주요 역할을 하는 세대다.

이 세대는 또 키워주신 부모님의 노후를 책임지는 세대, 자식들의 교육을 위해 모든 것을 투자한 세대, 자기들의 노후 준비를 거의 못한 세대, 자식들의 봉양 받는 것을 포기한 세대로, 그렇게 희생하며 살아왔음에도 어려운 경제사회 여건에 처해 있는 자식 세대에게 욕을 먹고 있는 세대이기도 하다.

이렇게 희생의 대가를 받지 못하는 서글픈 세대에 내가 포함되어 있으나, 사실 나는 행복한 삶을 살고 있고 살았다고 할 수 있다. 그 이유는 자식들을 방목하여 키웠기 때문에 교육을 위해 쏟아부은 자금이 남들에 비해 적었다. 직장에서 지방 근무 발령이 날 때마다 가족 모두 이사했고 전학을 가서, 애들에게 드는 비용을 저축할 수 있었다. 가족이 모여 살았기 때문에 특별히 신경 쓸 일이 없었고, 직장 생활에 몰입할 수 있어서 단계마다 승진하여 직장에서 최고 위치까지 올라갔다. 그리고 아직은 건강하다.

"세상은 마음먹은 대로 되지 않는다"는 말이 있다.

청년기의 삶이 그랬다. 인문계가 적성에 맞는다고 생각했으나 이공계를 전공하고, 그 분야에서 40년 근무했다. 이렇듯 살아가는 방향이 생각과는 다른 방향으로 흘렀다. 그렇게 걸어간 길이 반전되어 현재의 나를 있게 하였다.

"모든 일은 마음먹은 대로 이루어진다"는 말도 있다.

중년기의 삶이 그랬다. 마음먹으면 거의 이루어졌다. 집중하면 대부분이 이루어졌다. 그래서 세상은 공평한 것 같다.

그리고 이제 은퇴 후의 삶이 손짓하고 있다.

'의식주와 건강이 해결되고 난 다음, 중년의 삶은 어떻게 채워야 하는 걸까?' 겨우 서점이나 인터넷에서 찾은 비법도 살아온 삶이 다르기 때문에 나에게 적용하기 힘들었다. 다시 말하면, 아무도 중년으로 사는 방법을 가르쳐 주지 않는다.

이 나이 먹을 정도로 세상을 살았으면 누군가에게 물어보는 것도 어려운 일이다. 여러 사람이 살다 간 흔적에서 공통점을 찾거나, 스스로 살면서 터득하고 느껴야 한다고 생각했다. 그렇게 돌아보니 해답은 과거에 살아온 흔적 안에 있었다.

과거에 살며 느꼈던 것들이 앞으로 어떻게 살아야 할지 가르쳐 준다. 과거에 하고 싶었던 일이나, 하지 못했던 일들이 앞으로 이렇게 하자고 부추긴다. 특히 회한을 가진 일들은 두고두고 계속 따라다니며 머릿속을 맴돈다.

나에게 그중 하나가 인문학이었다. 고교 시절 한문 선생님의 한시 강의는 충격으로 다가왔다. 직장 생활을 하면서 인문학을 전공한 입사 동기들은 단순한 공대생과는 달리 뭔가 복잡하고, 생각의 폭이 넓은 것 같았다.

생각들이 머릿속에 머물면서 구체화되자 현실과 절충하여 직장생활을 하면서 방송통신대 중어중문과에 다니게 되었다. 모든 일은 마음먹은 대로 이루어졌다. 꿈도 항상 마음을 먹고 생각해야 현실로 이루어지는 것이다.

"그동안 고생하셨습니다"라는 은퇴 통보를 받았을 때, 직장이라는 틀 안에서 보낸 30여 년의 세월이 갑자기 사라졌다. 특히 나의 존재를 보증해주던 배경이 사라지는 상실감이 컸다.

"자갈밭에 굴러도 이승이 낫다", "회사가 전쟁터라면 밖은 지옥이다", "그래서 은퇴 준비는 빠를수록 좋다", "미리 준비하는 자만이 살아남는다"라는 문구는 노후 재테크 서적들의 선전 문구다.

'그럼 나는 지금 지옥에 살고 있는가?'

답은 천국에 살고 있다는 것이다. 그 순간, 새로운 세상이 열렸다. 왜 그리 해보지 않은 일이 많았던지, 해보고 싶은 일이 많았던지, 예전엔 몰랐었다.

'하고 싶은 것만 하는 세상' 그것이 천국이다. 한시 공부도 하고 싶고, 그림도 그리고 싶고, 여행도 하고 싶고, 악기도 배우고 싶고, 온통 하고 싶은 것 천지다.

그중 가장 하고 싶은 것, 제일 후회되는 것은 내가 살아온 과거의 기억들을 축적해 놓지 않은 것이다. 과거에 살아온 경험들이 앞으로 살아갈 지표가 되고, 미래를 생각하는 기준이 되기 때문이다. 늦었지만 지금부터라도 서서히 기억을 축적하려고 한다.

이 책은 직장 생활과 은퇴 생활에 대한 일반적인 지침이 아닌, 내가 직접 몸으로 부딪치며 겪어 터득한 경험과 느낌을 적은 기록이다. 이 때문에 동시대를 사는 사람들에게 공감을 일으킬 수 있다고 생각한다.

이 글을 통하여 현역에 있는 중년들이 열정을 가지고 즐겁게 일하는 직장 분위기를 만들어 가길 바란다는 말과 또 퇴임을 위한 사전 준비는 현역 시절에 해야 한다는 말, 퇴직이 끝이 아닌 새로운 세상의 시작이라는 말을 하고 싶었다. 이 글에 담긴 경험들이 동시대를 사는 중년들이나 후배들에게 도움이 되기를 바라는 마음이다.

끝으로 이 책이 나올 수 있도록 여러 방법으로 동기를 주고, 도움과 격려를 해준 모든 분에게 감사드린다. 오늘의 내가 있기까지 여러 형태로 함께했던 많은 분들에게도 고마움을 전하고 싶다.

마지막으로 그동안 옆에서 지켜보고 응원해준 아내와 아들, 딸에게 뜨거운 애정과 고마움을 전한다.

2020년 2월

천타전

목 차

Part 1

세상은
마음먹은 대로
되지 않았다

수고하셨습니다

– 필요한 건 홀로서기

"그동안 수고하셨습니다"라는 갑작스러운 해고 통보에 가슴이 덜컥 내려앉았다. 그해에는 실적이 좋아서 일, 이 년은 더 일할 수 있을 것으로 생각했다.

얼마 후에는 상대가 '이 말을 하기 위해 얼마나 신경을 썼겠는가?'를 생각할 정도로 여유를 찾았고, 그런 자신에게 놀랐다. 삼십여 년의 직장 생활이 끝나는 상황에서 이렇듯 마음의 평정을 유지할 수 있다는 것이 자랑스럽기까지 하였다.

근 10년 동안 영업파트를 담당하고 있어, 영업실적이 나쁜 해 겨울 인사철에는 항상 해고를 생각하고 있었다. 실적이 특히 안 좋은 겨울에는 해고 통보받았을 때 할 말을 A4용지에 적어 외우고 다녔다.

"이 회사에 입사하여 임원까지 승진하며 처자식 먹여 살리며 자식들 교육까지 다 시키고, 집 한 채 장만한 것도 모두 회사 덕분이라고 생각합니다. 회사 일을 하면서 많이 배웠고, 즐거움도 알았습니다. 무엇보다도 성취감을 느끼게 해준 것에 대해 정말 감사하게 생각합니다. 몸은 떠나도 항상 회사가 잘 되기를 빌겠습니다. 감사합니다."

떠날 때가 오면 미련 없이 모든 것을 내려놓고 박수받을 때 떠나고 싶어 백지 위에 몇 자 적은 것이 7년이나 되었다. 그때마다 한 가지 한 게 있었다. 그만두었을 때 무엇을 하고 지낼 것인가? 인터넷을 검색하고, 선배들의 이야기를 들어보며 나름대로 준비해 왔었다. 살아오면서 주변 환경에 순응하며 살아왔지만, 앞으로는 하고 싶은 것만 하며 살아갈 생각이었다.

직장 생활 내내 머릿속을 맴돌았던 아쉬움은 인문학이었다. 그래서 중국문학을 공부하기 위해 사전 준비를 해왔었다. 회사 생활을 하면서 한자급수와 한문을 공부했다. 은퇴 이후에는 하고 싶었던 인문학과 예체능으로 즐거운 인생 후반을 다시 시작하려는 계획을 세웠다. 이제는 나름대로 준비가 다 되어 있다고 생각했다.

회사에서 실적 문제로 스트레스를 한창 받을 때는 해고되는 꿈을 꾸었다. 나름대로 해고에 대비한 준비는 해왔다고 생각했는데 꿈속에서 받는 해고는 무척 서운했다. 서운함은 동료와 비교해서 내가 우위에 있다는 욕심에서 생겼다. 여러 해 준비해서 이 부분은 극복했다고 자부했는데 아니었던 모양이다.

옛말에 "사람은 절의(節義)가 있어야 하고, 겸양하여 물러날 줄도 잘 알아야 한다. 그렇지 않고 욕심을 부려 좀 더 누리고자 한다면 돌아오는 것은 욕됨만이 있을 뿐이다"라는 말이 있다. 지위도 위태로울 수 있다. 그래서 노자(老子)가 말하길, "지족부욕(知足不辱)이요, 지지불태(知止不殆)"라고 했다. '만족할 줄 알면 모욕당하지 않고, 그칠 줄 알면 위태롭지 않다'는 뜻이다.

가훈으로 삼고 싶은 말이다. 이 여덟 자에 세상사는 지혜가 다 들어 있다. 특히 정치하는 사람들을 보면 이 문구가 더 뼈저리게 느껴진다. 나는 새도 떨어뜨리던 막강한 권력이 다음 정권에서 먼지같이 사라지고, 관계된 사람들이 재판정에 출입하는 모습을 흔히 본다. 이것이 다 만족하고 그칠 때가 언제인 줄 알면서, 욕심 때문에 내려놓지 못하기 때문이다.

오랜 시간을 준비하여 왔다고 자부했기 때문에 때가 오면 미련 없이 내려놓으리라 다짐하며 현재의 일에 최선을 다하며 기다렸다. 그리고 '그날'이 왔다.

준비해 왔던 대로 침착하게, 멋있게, 미련 없이 직장 생활 30여 년의 마지막 날로 그날을 떠나보냈다. 바로 그다음 날 오랫동안 준비한 것이 아무것도 아니었다는 사실을 깨달았다. 무엇을 해야 할지도 몰랐고, 기분도 전날과 같이 산뜻하지 않았다. 새벽엔 평소와 같이 벌떡 일어났다. 그리고 출근할 필요가 없다는 것을 깨달았다. 다시 누워 잠을 청했다.

어떤 습관이 갑자기 중단되었을 때 느껴지는 관성, 그 관성을 인위적으로 중단시켜야 할 때 필요한 것은 오직 시간뿐인 것 같았다.

평소에 항상 따라다니던 회사의 소속감과 후광이 갑자기 사라지고 난 뒤에 남는 것은 상실감이었다. 외딴섬에 혼자 떨어진 듯 고독감이 가슴 깊이 스며들었다. 회사가 나를 있게 한 든든한 울타리였다는 사실을 새삼 느꼈다. 이런 허전함을 달래기 위해 여행을 갔다. "열심히 일한 당신 떠나라"라는 말을 생각했다. 단독여행, 가족여행, 부부여행 등 여러 형태의 여행을 하며 세상사는 모습들을 보고 느꼈다. 그리고 변한 환경에 적응하기 위해서는 지금까지 해왔던 것 중 많은 것을 바꿔야 하고, 재정립해야 한다는 점을 터득했다.

제일 먼저 변한 환경은 아내와 함께하는 시간이 갑자기 늘어났다는 것이다. 퇴직 후 부부동반 남미 여행을 갔다. 30년 가까이 같이 살았지만, 이렇듯 20일 내내 온종일 같이 있어 본 적은 처음이었다. 갑자기 변한 환경에 적응하기가 쉽지는 않았다. 같이 여행한 팀의 나이는 60대 중반에서 70대 초반으로 아내에게 정성을 다해서 섬기고 있었다. 사진 찍어 주고, 가방 들어주고, 화장실을 가면 가방 들고 기다려 주고, 살면서 거의 보지 못했던 모습으로 여왕을 섬기는 시종 같았다. 문제는 아내가 그런 모습들을 여러 번 보았다는 것이다. 자기 서방의 행실과 비교해보고 불만족스러웠는지 짜증이 심해지기 시작했다. 그러다 사소한 사진 찍는 문제로 짜증을 냈다.

이런 환경에 익숙해져 있지 않았던 나는 화가 나 여러 사람이 있는 곳에서 다투었다. 아내가 혼자 귀국하겠다고 얘기했다. 그러면 끝이라고 말을 받았다. 그리고 서로 말없이 떨어져 다녔다.

그렇게 하루를 지냈다. 일행 중 연장자가 조용히 다가와 말했다.

"그만 화해하세요. 여행 팀 분위기도 생각해 줘야지. 그리고 그만 져줘요. 아내가 잘못했어도 져줘야지, 이기면 뭐합니까? 부부인데."

아내와 같이 있는 시간이 갑자기 늘어나며 변한 환경에 적응하기 쉽지 않았다. 지금도 그렇다. 대화를 통해 절충점을 찾을 시점이다. 그 연장자가 아니었으면 지구 반대편인 남미에서 이혼할 뻔했다.

두 번째로 변한 환경은 아내의 위상이 점점 커진다는 것이다. 소파에 앉아 청소기 돌리는 소리, 설거지하는 소리를 들으면 아내의 짜증난 강도를 알 수 있다. 소리가 커지면, 현직에 있을 때는 전혀 느끼지 못했던 감각이 살아나 불안해진다. 도와주고 싶은 생각이 들기도 하지만 애써 참는다. '서방도 이젠 힘 빠졌구나!' 하는 소리는 정말 듣고 싶지 않다. 그러나 이젠 가사분담을 고려해 봐야 할 것 같다. 주위 동료들이나 선배들의 가사분담 실태를 조사해보았다. 모두 저마다의 노하우가 있었다.

세 번째로 변한 환경은 홀로서기를 해야 한다는 것이다. 중년이 되고 나서부터는 모든 것이 말로 이루어졌다. 말이 입에서 나가는 순간 누군가가 그 말을 행동으로 옮기거나, 처리했었다. 예전에 임원들 간 농담으로 임원의 정의를 내린 적이 있었다.

"언제든 해고할 수 있는 임시 직원이며, 누군가가 옆에 없으면 혼자서 아무것도 할 수 없는 사람이다."

이젠 모든 것을 물어서 혼자 해야 했다.

등기우편 부치기, 지하철 표 끊기, 예약하기, 인터넷 송금하기, 버스 지하철 앱 깔고 검색하기 등 일상의 모든 것이 배워야 할 것이었다.

가장 중요한 변화는 아침에 일어나고 싶을 때 일어나, 하고 싶은 일만 하고 사는 새로운 세상이 열린 것이다. 그것은 즐거움 그 자체였다.

한 단어로 정의하라면 '천국'이다.

더욱 신나는 것은, 하고 싶은 일들이 너무 많아 줄 서서 기다리고 있다는 사실이다. 수채화 그리기, 글쓰기, 책 읽기, 카메라 활용법 배우기, 중국어 회화 배우기, 여행하기, 바다 낚시가기, 한시 및 동양철학 배우기 등 하고 싶은 일이 너무 많았다.

타자 속도가 느려 음성 입력으로 이 글을 쓰고, 공유하여 핸드폰으로 수정하고 있다. 인터넷을 검색하며, 알지 못했던 새로운 세상을 배우는 기쁨은 논어의 첫 장 학이(學而)편을 생각나게 한다.

> 學而時習之, 不亦說乎? (학이시습지, 불역열호?)
> 배우고 때때로 익히니, 매우 즐겁지 아니한가?

〈나는 천국으로 출근한다〉라는 어느 책 제목처럼 '오늘은 또 즐거운 무엇을 할까?' 하는 설레는 마음으로 눈을 뜬다.

그런 오늘 나는 자랑스러운 내게 인사를 한다.

'이런 신세계를 찾느라 수고하셨습니다'라고….

실패, 실패… 열여섯 번

어린 시절엔 참 잘 나갔던 것 같다.

그 어렵던 시절에 유치원을 나왔다. 초등학교 저학년 때 처음 읽었던 책들의 느낌은 생생한 감동으로 다가왔다. 인어공주는 왕자를 위해 거품이 되어 사라졌다. 그 모습은 바로 옆에서 실제 일어난 일 같은 착각을 일으킬 정도로 감동적이었다.

초등학교 고학년 때는 중학교 입시를 위해 학원에 다녔다. 입시 직전에 중학교 입학이 무시험제로 제도가 바뀌어 추첨으로 중학교에 들어갔다.

고교는 안정적으로 지원해서 무리 없이 입학했다. 그때까지는 잘 나갔던 것 같다. 마치 어떤 후견인이 있어 진로를 미리 이끌어 주는 것처럼.

일이 꼬이기 시작한 것은 고교 시절 2학년 때부터였다. 문과 성향이라고 생각했는데 당시에는 이공계를 가야 생계를 유지할 수 있다는 사회 풍조에 순응하여 이과로 진로를 바꾸었다.

두 번째 일이 꼬인 것은 대학입시에서 처음으로 실패를 맛보면서이다. 군인 출신이었던 아버지는 '재수는 없다'는 말을 고수하며 몸져누우셨다. 그래서 할 수 없이 선택한 것이 2년제 대학이었다.

세 번째로 일이 꼬인 것은 당시에는 인기 있던 전자공학과, 기계공학과에 지망하고 3지망 빈칸에는 들어보지도 못한 토목공학과를 채웠는데, 3지망 합격 통보가 온 것이다.

결국 젊었을 때의 인생은 꼬이고 꼬여 전혀 생각하지도 않았던 방향으로 뒤틀려 버렸다.

그렇게 십 대 후반은 방황의 연속이었다.

수업 시간에는 맨 뒤에 앉아서 무엇인가를 쓰며 방황했었다. 어느날 과대표가 뒷자리로 오더니 가을축제 문학의 밤에 「국화 옆에서」를 쓴 서정주 시인이 와서 강평한다고 하니 발표 한번 해보라고 부추겨서 마지못해 준비해서 발표했다.

"젊은이의 고뇌와 방황이 녹아있는 멋진 글이었습니다."

나는 유명 시인 말에 고무되어, 내가 이 부문에 소질이 있는 줄 알았다. 일 년이 지난 후에야 초빙받아 갔을 때는 좋은 이야기와 힘을 북돋우는 강평을 한다는 것을 깨닫고, 현실로 돌아와 기술자격증 공부와 졸업 준비를 하며 편입을 준비하였다.

당시 편입은 쉽지는 않았다. 각 학과의 결원 약간만 뽑았고, 응시자는 4년제 대학 졸업자나 2학년 수료자, 2년제 대학 졸업자들이 몰리면서 경쟁률이 치열했다. 그뿐만 아니라 서울의 대학들이 시차를 두고 편입생을 뽑았는데, 한 학교에서 떨어진 학생들이 다음 학교에 응시했다. 이렇게 떨어진 학생들이 또 다른 학교에 응시하며, 체로 걸러 내려오는 식으로 편입생을 뽑았기 때문에 실력이 없으면 합격하기가 상당히 어려웠다.

졸업하는 해에 편입을 위해 시험에 여덟 번 응시하였다. 추운 겨울날 매번 가서 수험 서류를 제출하고 시험을 보았다. 며칠 후 대운동장에 가서 붓글씨로 쓰인 합격자 명단에 내 이름이 없는 것을 확인하고, 고개를 돌려 돌아오는 행위를 8번까지 하고 나서야 시즌이 끝났다는 것을 알았다. 군대 가기 전까지 1년을 더 해보겠다고 마음먹었다.

그렇게 준비하며 보낸 젊은 날의 1년은 무척 길었다.

시험은 전년도와 거의 비슷했다. 순서도 한대, 고대, 성대, 중대, 동대, 건대, 경기대, 경희대 순으로 전년도와 대동소이했다. 걸러지고 걸러져서 이 여덟 개의 체 안에는 남아야지 하던 결심도 마지막 경희대만 남겨 놓고 있었다. 이번에도 실패하면 이젠 군대에 가야 한다는 절실함과 함께….

그런 애절함을 갖고 시험을 치르러 갔던 경희대에, 러시아워에 걸려 10분 정도 교실에 늦게 들어갔다. 그리고 늦었기 때문에 시험을 볼 수 없다고 입실을 거부당했다. 절실함에 몇 번을 사정하였으나 끝내는 거절당했다. 시험도 보지 못하고 이제는 군대 가야 한다는 허탈한 마음으로 돌아섰다. 터덜터덜 텅 빈 교정을 걸어 내려오며, 길을 따라 양쪽에 늘어서 있는 나무들을 보았다. 그때 보았던 앙상한 겨울나무의 모습은 가슴속에 들어와 팍팍 박힐 정도로 서글프면서도 아름다웠다.

이후 군대에 갔다. 군대에서 영어사전을 통째로 외웠다. 결국 제대하고 편입시험에 합격했다.

"실패는 병가지상사요, 성공의 어머니"라는 말이 있다. 아마 이런 말들은 실패의 쓰라림에서 벗어나도록 위안하는 말일 수도 있다고 생각한다.

젊은 시절, 그 짧은 시간에 너무 많은 실패를 경험했다.

새로운 세계에 대한 경이와 감동을 느껴야 할 그 푸른 젊은 날들을, 나 스스로 만든 속박 속에서 치열하게 살았다.

그 치열함이 이후의 생에 어떠한 영향을 끼쳤는지는 모른다.

가끔은 '내 생애 그 푸른 젊은 날이 있었던가?' 스스로 물어본다.

지독한 외로움

나는 지독한 외로움의 끝에서 담배를 끊었다. 세상은 담배조차 마음대로 피우게 두지 않았다.

평소에 담배를 끊으면 모든 것을 해줄 것 같던 아내는 갑자기 조용해졌다. 매일 같이 담배를 피울 때마다 같은 내용을 닦달하던 아내는 이제 다른 잔소리 거리를 찾는 것 같다. 40년을 피워온 담배를 어느 순간에 조용히 그냥 끊어버렸다.

40년의 시간은 짧은 시간이 아니다. 우리는 일제강점기 35년이라는 오랜 세월을 수탈당했다고 흔히 얘기한다. 어떤 사람은 치가 떨리는 긴 세월이었다고도 한다. 그러니 40년은 아주 긴 세월이다.

우리 세대에 흡연은 성인이 되는 신고절차와 같았다. 중고등학교에서 담배를 피우는 친구들은 같은 반 학생에게 불량스럽고, 성인 같은 느낌을 주었다. 고교를 졸업했을 때는 대부분이 담배를 피웠다. 처음 흡연을 하며 성인이 되었다는 자부심도 느꼈다. 그 당시에는 버스에도 재떨이가 있었고, 사무실에도, 공공건물 내에도 재떨이가 있었다. 어디에 가나 휘발성이 있는 곳만 제외하고는, 흡연을 말리는 사람이 없었다. 그런 시대에 처음으로 담배를 피웠다. 마치 성인식을 하듯이 나만의 흡연식을 치렀다. 아버님이 마시던 조니워커 술병을 조용히 내 방에 가져다 놓고, 그 당시 인기 있던 폴 모리아 악단의 〈러브 이즈 블루〉, 〈이사도라〉를 틀어 놓았다. 전등을 끈 다음 촛불을 켜고, 담배를 꺼내 물고 불을 붙였다. 내뿜는 담배 연기가 촛불로 밝혀진 방 안에 피어올랐다. 피어오르는 담배 연기를 바라보며 조니워커 한 모금을 목으로 넘겼다. 독한 액체가 넘어가며 목을 뜨겁게 달궜고, 담배 연기에 대한 갈증을 일으켰다.

그렇게 담배를 피우기 시작했다. 예식은 상당한 구속력을 갖는다. 결혼식도 그렇듯. 어떤 의식이나 예식은 하찮은 것이라도 상당한 의미를 부여한다. 그래서 구속력이 있다.

그렇게 시작한 흡연은 40년 이상 이어졌다. 나름의 의미를 부여하고 시작한 흡연을 중단할 생각은 전혀 없었다. 아침에 일어나 화장실에서 깊게 내뱉는 담배 연기는 잠을 깨우며, 하루의 시작을 어떻게 장식할 것인지를 생각하게 한다. 아침 식사 후 베란다 의자에 앉아 커피 한 잔을 마시며 내뱉는 담배 연기는 살아 있는 인생의 맛을 느끼게 한다.

처음 만난 사람과 같이 나누는 담배는 해병대보다도 끈끈한 동료의
식을 북돋워 오래 사귄 친구와 같은 편안함을 느끼게 하며, 회사에서
동료들과 담배를 피우는 공간은 정보교환의 장이자 소통의 장이 된다.

중요한 문제를 놓고 협상할 때는 담배 한 대를 피우며 자연스럽게
한 박자 늦추는 여유를 가질 수 있다. 거래처나 상사에게 받은 스트레
스나 격앙된 감정을 담배 한 모금으로 가라앉힐 수도 있다. 특히 밤에
피우는 담배는 가라앉은 감정을 불러일으켜, 보이는 모든 것들을 시
적으로 만들기도 한다.

무엇보다도 담배는 술이 약한 나에게 술을 적게 먹을 수 있게 하는
비장의 무기였다. 술을 어느 정도 마셨을 때는 담배를 피운다는 명분
으로 밖에 나가 담배를 피우며 숨 고르기를 할 수 있었다.

그런 담배를 요즘에는 백해무익하다고 한다. 지금까지 담배에 관해
서 얘기한 것들이 모두 무익한 것일까? 담배는 만병의 근원이라고들
이야기한다. 그러나 흡연자 중 몇 년 더 사는 것보다 삶의 질이 중요하
다고 얘기하는 사람도 꽤 있다.

이제 아파트 내에서는 금연이 불문율이다. 아래층에서 조금이라도
담배 냄새가 올라오면 난리가 난다. 그러면서 아파트에서 키우는 개
짖는 소리와 배설물 썩은 냄새가 나는 것은 당연히 참으라고 한다. 도
대체 어느 것이 더 지독한 것일까?

최소한 흡연자는 담뱃값의 3분의 2를 세금으로 낸다. 그들이 추가
로 내는 세금은 수조 원이 된다. 그 많은 돈을 비흡연자보다 추가로

더 내는데도 불구하고 푸대접을 받고 있다. 공공장소, 정류장 및 지하철 입구, 특정 대로변 등 대부분 장소가 금연이다. 금연표지가 없는 도로변에서도 흡연자들이 설 곳은 거의 없다. 아가씨와 아줌마들의 코를 막는 거부감 때문에 함부로 담배를 피울 수 없다.

나의 40년 흡연 환경은 천국에서 지옥으로 그것도 몇십 년에 걸쳐서 서서히 조여들어 왔다. 한때는 집 여러 곳에 재떨이가 있었다. 하지만 결혼 몇 년 만에 안방에서 거실로 쫓겨났다.

코미디언 이주일 사망 이후에는 담배 연기가 실내 오염의 원흉으로 낙인찍혔다. 아이들 때문에 베란다와 화장실로 쫓겨났고, 마지막에는 베란다만 나만의 공간으로 공포하고 최후의 보루로 삼았다. 그나마 아파트 내 금연 지정으로 그곳에서마저 밀려나 아파트 밖 제일 후미진 구석에 웅크리고 서서 담배를 피운다.

한때 흡연문화만큼은 남녀노소 구별이 확실했었는데, 후미진 구석에서 가끔 남녀 또는 노소가 만났을 때는 서로가 못 본 척 외면하며 돌아서서 담배를 피운다.

이제는 밀리고 밀려 막다른 곳까지 왔다는 체념이 돌아선 뒷모습에 새겨져 있다. 특히 나이 든 사람들이 보여주는 그런 뒷모습에는 서글픔이 느껴진다. 그것은 뼛속까지 스며드는 외로움이다. 나도 이젠 나이를 먹었나 보다. 그런 뒷모습을 보여주기 싫다.

의미 있는 흡연식(?)으로 시작했고, 담배 피울 때마다 쏟아지던 아

내의 바가지에도 40여 년을 당당하게 피워온 담배를, 지독한 외로움,
그 하나 때문에 끊어버렸다.

 3개월이 지난 지금, 담배만 끊으면 별도, 달도 다 따줄 것 같던 아내
는 먼 산을 보고 있다.

이 또한 지나가리라!

상대방의 인적 사항을 확인하고 언제까지 경찰청으로 출두하라는 전화기에서 울려 나오는 저음의 목소리는 쇳소리와 같이 카랑카랑했다. 마치 저승사자의 목소리 같아 온몸에 소름이 돋았다. 갑자기 죄지은 사람같이 가슴이 덜컥 내려앉았고 최근에 내가 어긴 법이 있는지 생각했다. 전혀 생각나지 않았다.

"무슨 일 때문이죠?" 궁금해서 물었으나 목소리가 위축되는 것을 스스로 느꼈다.

"와 보시면 압니다. 신분증 지참해서 오십시오."

더 묻고 싶었으나 사무적인 목소리에서 느껴지는 카리스마 때문에 나도 모르게 "예"라고 대답했다. 그 순간부터 지옥으로 걸어 들어가는 것같이 가슴이 답답해졌다. 궁금증과 두려움이 증폭되면서 경찰청에 출두하는 날에는 극에 달했다.

공포감을 누르며 발을 디딘 사무실 분위기는 어수선했다. 한쪽에서
는 죄수복 차림의 포승줄로 묶인 피의자가 심문을 받고 있었다. 수사
관은 답답한지 목소리가 점점 커졌고, 나머지 수사관은 무관심하게
자기 일을 보고 있었다.

나를 담당하는 사람은 전화로 통화했던 나이가 지긋한 그 부서 팀
장이었다. 목소리로 느꼈던 카리스마와 그 분야 베테랑의 터프한 분위
기를 느꼈다,

인정 심문이 끝나고 질문의 범위가 좁혀져 갔다. 사 년 전에 있었던
입찰 건이다. 질문의 내용으로 수사관이 내사 과정에서 입찰 내용과
관련자를 상세하게 파악하고 있다는 느낌을 받았다. 입찰이란 무엇이
며, 어떤 방식으로 이루어지는가, 나의 역할은 무엇인가로 서서히 질
문이 좁혀져 오고 있었다. 그 입찰 건은 내가 담당한 건으로 법 위반
시는 나에게 책임이 있고, 잘못되면 회사에도 영업정지 등 불이익이
생길 수 있기 때문에 긴장했다.

"당신 담당업무부서 책임자 맞죠?"
"네."
"당신 수주하려고 로비했죠?"
"아니요. 저는 사무실에서 근무합니다. 어떻게 로비를 합니까?"
"그러면 아무개에게 로비 지시한 적 있죠?"

"오래돼서 기억이 나지 않습니다."

"그럼 기억나게 해줄까?"

팀장은 베테랑답게 험악하게 때로는 부드럽게 심문하며 피의자에게 자백을 유도하며 스트레스를 주고 있었다. 쇠가 부딪치는 듯한 저음의 목소리와 터프한 인상만으로도 이미 공포감을 느끼고 있었으나 오래전 일이라는 생각에 버틸 작정이었다. 이런 늪에 빠진 상황이 끝나려면 시간이 가길 기다리는 것밖에 할 수 있는 것이 없다. 상대가 눈치채지 못하게 흘끔흘끔 시계를 보았으나, 시간은 무척 더디게 갔다. 그러나 시간은 지나가고 시켜준 점심을 먹고 다시 마주 앉았다.

"식사도 했고, 다 알고 있으니 이제는 사실대로 말합시다."

"기억이 나질 않는데 어떻게 말해요?"

"그럼 기억나게 해 줄까? 이 결정적인 증거를 보고도 기억이 안 날까?" 하며 서류 사본을 내민다. 그제야 내가 왜 이 상황에 빠지게 된 것인지 확실히 알았다.

그 서류는 입찰에 같이 참여한 지역 공동도급회사에만 있는 서류였다. 입찰에 성공하기 위해 그 회사에서 기획, 실행한 서류였고 대외적으로 그 실행 책임은 전적으로 나에게 있었다. 그 회사의 채무관계가 해결되지 않자 사 년이 지난 지금 투서했다는 것을 알았다.

그 서류를 읽어 본 순간 눈앞이 깜깜해졌다. 깊고 깊은 어두운 나락으로 떨어진 것 같았다. '이제 내 인생 끝났구나'라는 생각에 가족들 얼굴이 떠올랐다. 도저히 헤쳐 나올 수 없는 막다른 곳에 혼자 서 있다는 고독감이 엄습해왔다. 앞으로 이어질 지옥 같은 상황 그리고 아무것도 할 수 없다는 두려움과 무기력함이 고통을 배가시켰다. 더 이상 내려갈 곳이 없는 밑바닥까지 추락한 상태에서 선택할 수 있는 것은 두 가지뿐이었다.

'고통을 없애거나, 받아들이거나.'

그 상황에서는 고통을 없애는 것이 더 쉬울 것 같았다. 자살하는 사람들의 마음이 이런 것일까? 또 고통을 받아들이기 위해서는 현재 가진 것을 다 버려야 하는 더한 두려움과 공포가 기다리고 있는 것 같았다.

머릿속에는 빨리 이 상황에서 벗어나야 한다는 생각뿐이었다. 가장 쉬운 방법은 현실도피였다. 책임자인 나 대신 다른 누군가가 약간은 고생할 것이고 상황이 안정될 때까지 몇 개월 또는 몇 년이 되든 잠적해 있는 것이다.

"화장실 좀 다녀오겠습니다."

"그래요."

수사관의 어조에는 잠시 쉬며 마음을 가라앉히고 다 털어놓으라는 느낌이 묻어 있었다.

경찰청 청사를 빠져나왔다.

혼잡한 거리에 사람들은 저마다의 갈 길을 가고 있었다. 생각과는 달리 갈 곳이 없다. 마치 무인도에 홀로 버려진 것과 같은 외로움에 휩싸였다. 공중전화로 가서 몇몇 지인에게 현재 상황에 대한 자문을 구하며 생각이 재구성되었다.

'도피가 최선이 아니라는 것을…'

선택에 대한 책임을 지기로 했다. 그리고 내가 감당할 수 없는 무게의 가방을 내려놓았다. 내가 가진 것도 다 내려놓기로 했다.

청사로 되돌아 들어가는 발길이 약간 가벼워졌다. 조사가 거듭될수록 처음 생각했던 두려움과 공포감은 엷어지고 여유도 생겼다. 몇 번의 조사 끝에 참고인에서 피의자로 바뀌었다. 압수수색도 당했다. 변호사를 선임했다.

모든 것을 알아서 처리해줄 것 같던 변호사도 마음은 나와 같지 않았다. 그에게는 단지 일이었을 뿐이었다. 사건 조사가 마무리를 향해 진행될수록 각오는 했지만 외로움도 깊어졌다.

마침내 계속 머릿속을 떠나지 않던 우려했던 일이 터졌다. 신문, 방송에 사건 기사가 대서특필 되었다.

갑자기 핸드폰이 울려대기 시작했다. 나를 아는 지인들의 호기심과 걱정 전화였다. 대학 졸업 후 연락이 끊어졌던 동창에게서도 안부 전화가 왔다.

TV 뉴스를 본 아들에게서도 전화가 왔다.

"뉴스에 나온 사람 아빠 아니야?"

"바쁘니까 쓸데없는 소리 하지 말고 전화 끊어."

계속 울려대는 핸드폰을 꺼버렸다.

나는 하룻밤 사이에 동종 업계의 유명인이 되어 있었다.

이제는 먼 옛날이야기가 되어 버렸다.

그 당시에는 더 이상 내려갈 곳이 없는 가장 밑바닥에서 전혀 길이 보이지 않을 것 같던 고통도 시간이 지나 내 과거의 일부분이 되었다. 이제는 나를 조사했던 조사관도, 투서했던 지역사 사장도 과거의 한 점에 불과하다. 앞으로 이보다 더 진한 시련이 있을지 모르겠지만 그 상태가 바닥이라고 여겨질 때 약간의 시간만 흐르면 오르막의 시작이라는 것을 알 수 있을 것 같다.

이런 면에서 볼 때 나는 참 운이 좋은 사람이다. 중년에 들어서 직장 업무의 성격 때문에 많은 검찰 조사를 받았다. 거미줄같이 얽힌 인적 네트워크가 고구마 줄기같이 연결되는 경우도 있고, 질 나쁜 사람의 악의적인 고발로 조사를 받는 경우도 있었다. 중요한 사람이 아니라 그런지 치명적인 약점을 이용하여 핵심 수사 정보를 강요받지도 않았다.

그런 경험에서 '왜 조사받는 사람들이 자살을 하는지?', '막다른 맨 끝에 서면 어떤 생각을 하게 되는지?' 이해할 수 있을 것 같다. 타인에게 본인의 부끄러움 일체가 까발려지는 것은 그나마 견딜 수 있다. 제일 견디기 어려운 것은 본인에 의해 타인 또는 본인이 속한 조직이나 가족에게 불이익이 생길 때가 아닌가 싶다. 정작 조사가 시작되기도 전에 그런 상상은 어쩔 수 없는 공포를 일으킨다.

몇 년 전, 공기업에 근무했던 대학 동창도 그렇게 세상을 떠났다. 가기 열흘 전 그를 만났을 때들은 이야기는 은퇴 후 여행 책을 낼 생각으로 카메라를 배우고 있다고 했다. 그런 희망이 열흘 뒤 부고로 되돌아왔다. 만났을 때 벌써 결심을 굳힌 것일까? 아무런 도움을 주지 못한 것이 회한으로 남았다.

세상은 겪어봐야 알 수 있다. 직접 부딪히다 보면 생각보다 여유도 생기고 가끔은 길도 보인다. 끝이 없을 것 같은 어둠도 끝은 있고, 멈출 것 같지 않은 소나기도 시간이 지나면 멈춘다. 한없이 내려갈 것 같은 내리막도 끝은 있고, 그 끝은 오르막의 시작이다. 다만 약간의 시간이 필요할 뿐이다. 그 약간의 시간이 생과 사를 결정한다.

'이 또한 지나가리라'는 너무도 유명한 구절이 생각난다.

요즘 TV 뉴스를 보면 정치인, 연예인, 생활고로 인한 일반인들의 자살을 흔히 볼 수 있다. 한국은 2003년 이후 한 번도 OECD 자살률 1위라는 불명예를 벗어난 적이 없다. 그만큼 한국 사회가 많은 사람을 막다른 곳까지 몰아붙이는 각박한 사회라는 뜻도 있다. 조급하지 않고 여유를 가진 포용의 사회가 되었으면 싶다.

더 이상 떨어질 수 없는 막다른 곳까지 추락했다고 믿으며 좌절하는 사람들에게 약간의 시간만 버티면 오르막의 시작이라는 말을 해주고 싶다.

"이 또한 지나가리라"는 구절이 가슴 깊게 다가오는 시절이다.

살다 간 흔적도 없이

경기도에서 운영하는 [북부 경기문화 창조허브] '멋있당' 네트워킹 프로그램의 일환으로 '나'라는 브랜드 찾기(작가 탄생 프로젝트)에 참여했다. 기간은 2018년 8월 1일부터 9월 19일까지로 총 8차 수에 걸쳐서 매주 수요일마다 강의를 들으며 9월 19일까지 책 한 권을 쓰는 프로그램이었다. 강의 내용은 30여 명의 프로젝트 참여자들이 50일이라는 짧은 기간 동안 책을 쓸 수 있도록 전문 작가들이 알려주는 글쓰기였다.

본 프로젝트에 참여하며, 살아온 날들을 되돌아보고 자신이 누구인지 진지하게 고민하는 소중한 시간을 가졌다. 또 책을 쓰며 몇십 년 동안 살아온 내 삶이 담긴 축적된 자료를 찾았으나 젊은 시절 쓴 일기밖에는 남아 있는 것이 없었다.

'내가 지금 이 순간 갑자기 사라진다면 내가 살다 간 흔적이 세상에 남을까?'라는 생각이 머릿속을 맴돌았다. 동시대를 산 친구나 가족, 주위 사람들의 기억 외에는 아무것도 남을 게 없을 터였다. 그들마저 사라진다면 이 세상에 '나'라는 흔적은 마치 없던 것처럼 사라지고 말 것이다.

"역사는 발전한다"라는 말이 있다. 역사는 과거 시대를 살아온 사람들이 남긴 흔적에 대한 기록이며, 그 흔적들을 후학들이 배우고 비평하며 새로운 역사를 만들어 가기 때문에 발전한다고 말하는 것이다.

최소한 이 세상에 와 한 시대를 살았으면, 후배들이 살아가는 데 도움이 되는 어떤 흔적은 남겨 놓고 가는 것이 도리라고 생각했다. '내가 살아온 기록이 아무것도 없다'는 사실이 두려워졌다. 마치 밥 얻어먹고 한 일이 아무것도 없는, 무전취식한 것같이 죄송스럽고, 부끄러운 마음이었다.

모든 사라지는 것들은 흔적을 남긴다.

존재마저 잊히는 것이 두려워 모든 사라지는 것들은 흔적을 남긴다.

내 기억에, 어렸을 때 할아버지는 담뱃갑 은박지에 매일 무엇인가를 한문으로 기록했다. 할아버지가 돌아가셨을 때 은박지에 적힌 수많은 기록들도 어디론가 사라져 버렸다. 얼마 전 아버님이 돌아가셨다. 할아버지에 대한 기억마저 사라졌다. 한 인간이 세상에 와서 살았던 모든 기록과 기억까지 사라져 버린 것이다.

"호랑이는 죽어서 가죽을 남기고 사람은 죽어서 이름을 남긴다"고 하듯이, 이 세상에 왔다 가면서 나도 뭔가 흔적을 남기고 싶었다. 수십 년을 살았는데 축적된 자료와 기록이 없었다. 그리고 그 50일 이내에 책을 묶기 위해 부지런히 글을 썼다. 자료가 없기 때문에 하나에서 열까지 일일이 경험과 기억을 되살려 쓰는 수밖에 없어 속도가 더딜 수밖에 없었다.

수십 년을 살았는데, 살았다는 자료는 없고 기억만 남아 있다. 살면서 기록하지 않고 살았다는 것이 가장 후회되는 일 중 하나다.

늦었지만 지금부터 하나하나 기록하면서 살아가려 한다. 노트북 타자를 연습하고 있으나 속도가 느려 구글 문서 음성 입력 기능을 사용하여 글을 쓴다. 휴대폰과 연동되어 언제 어디서든지 기록할 수 있는 에버노트를 배워 사용한다. 조만간에 블로그를 개설하여 매일 기록하며 자료도 축적할 예정이다. 시간을 갖고 사진과 동영상을 배워 자료를 축적하고 유튜브 등으로 영역을 확장할 생각도 갖고 있다.

무엇보다도 가장 시급한 것은 과거의 경험과 기억, 느낌들을 뽑아내고 정리해서 한 권의 책으로 묶는 일이다. 글쓰기 강의의 주요 내용은 "하면 된다. 포기하지 말고 써라. 막다른 곳에 몰리면 안 될 것 같은 일도 된다. 1기 작가 선배들은 일주일간 글쓰기 마라톤도 했고, 30일 만에 책을 썼다. 여러분들은 여유를 갖고 글을 쓰는 중이다. 마지막까지 힘내라"라는 격려의 말이 대부분이다.

글을 쓰기 위해 우선 생각나는 경험과 기억들을 다 정리하였다. 계속해서 쓰는 글들은 중복을 피해야 하고, 애써 생각해내야 하므로 작업이 상당히 더디다. 남은 시간은 거의 없고, 써야 할 것은 많은데, 생각나는 것이 거의 없어 코너에 몰린 기분이다.

경험과 기억의 주요 부분은 먼서 써서 책에 담고 나머지는 천천히 블로그를 통해서 축적할 생각이다. 늦었지만 앞으로는 경험과 생각, 느낌을 항상 기록하며 살아갈 생각이다.

그렇게 내 아버지의 삶은, 같이 살아온 나의 기억으로 정리할 수 있다. 그러나 내 할아버지의 삶은 살다간 흔적도, 기록도 없이 사라져 버렸다.

믿는 도끼와 스스로 찍은 발등

정신없이 살았던 청년기가 지나고 나서부터 꿈을 꾸면 반드시 이루어졌다. 그 이후의 삶은 생각하면 이루어져서 모든 세상사에 자신이 있었다.

세상사에는 어느 정도 정해진 규범과 규칙이 있었지만 그게 전부는 아니었다. 그것조차도 내가 한발 들여놓기 힘든 두려움 때문에 지레 겁먹고 만든 허상이었다.

실제 규범과 규칙이 있다 하더라도, 인간이 만들고 인간이 통제하기 때문에 헤쳐 나갈 의지만 있다면 언제나 한발 내디디며 앞으로 나아갈 수 있었다.

그런 자신감을 품고 살았는데도, 세상에는 마음먹은 대로 되지 않는 것들이 있었다.

고교 시절 한문 선생님의 한시 강의에서 받은 감동과 인문학에 대한 갈증은, 공학을 전공한 이후로 평생을 따라다녔다. 결국 퇴직 전 회사 업무와 배움을 동시에 같이할 수 있는 방송통신대학교 중어중문과 3학년에 학사 편입하였다.

방송통신대학교는 평생교육의 중심대학이며, 정보화 시대에 필요한 지식과 새로운 정보를 얻을 수 있는 열린 평생교육 기관으로 재학생 중 70% 이상이 직장인이다. 이미 4년제 대학을 졸업하고도 다른 전문적인 분야를 배우기 위해 편입한 학사 편입자가 매년 증가하는 대학이다. 총 22개 학과가 있으며, 인터넷, TV, 라디오, 핸드폰 같은 방송 및 통신매체를 이용해 수업을 진행한다.

중간고사, 기말고사 기간에는 집과 가까운 지역 대학에 직접 가서 시험을 보거나 리포트를 제출한다. 수준 높은 배움의 기회가 있고, 젊은 학생들과 수시로 어울릴 수도 있어 마음도 젊어지고, 등록금도 학기당 40만 원 정도로 타 대학의 10분의 1 수준인 것도 장점이다. 은퇴 후 생애를 재설계하거나, 재학습을 하고자 하는 중장년 학생이 많아지고 있다.

중문과 3학년에 학사 편입하고, 4년제의 교과과정을 회사 업무와 병행하며 2년 이내에 끝내는 것은 상당히 벅찬 일정이었다.

3학년에 1, 2학년 전공과목을 공부하고, 4학년에 3, 4학년 전공과목을 공부할 계획이었다. 총 30개 전공과목 중 중국어 관련 과목이

14개, 한문 관련 과목이 8개, 중국 문화 관련 과목이 8개로 구성되어 있었다.

흥미 있었던 과목은 한문 관련 과목이었다. 특히 중국 명시감상과 명문감상 전공과목은 공부하는 내내 즐거웠다. 반면에 중국어 관련 과목은 전년 시험문제를 중심으로 학점 따기에 급급하였다. 고급중국어2 과목과 중국어듣기연습2 과목은 어려운 데다 많은 노력이 필요한 탓에 학점관리를 위해 수강신청을 하지 않고 피해 나갔다. 그리고 우수한 성적으로 졸업하였다.

최소한의 시간을 투입하여 학점관리 위주로 공부한 결과, 우수한 성적으로 졸업은 했다. 한문은 어느 정도 기본 능력은 갖추었으나, 중국어회화와 해석은 거의 못 하는 기형적인 실력이 되어버렸다.

그래서 중국어 학습 능력을 제고하고 향상하기 위해 대학원에 진학하기로 결심하였다. 방송통신대 대학원은 13개 학과로 구성되어 있는데, 그중 하나인 실용중국어학과에 지원서를 제출하였다. 1차 서류 전형은 우수한 학부 성적과 경력이나 스펙도 화려하여 당당히 합격하고, 최종 합격을 위한 면접만 남았다. 당연히 합격할 것으로 생각했다. 회사 업무 중 하나로 대학교수 관리가 포함되어 있었기 때문에 대학교수들과 만남이 상당히 많았고, 노하우도 축적되어 있다고 생각했다. 또, 회사에서 매년 있는 신입사원이나 경력사원 면접에 최종 평가 면접위원으로도 다년간 경험이 있었다. 면접의 기본인 자기소개를 중국어로 달달 외웠다. 물어보지 않더라도 외운 것은 써먹을 생각이었다.

동숭동 대학 본관에는 대학원에 진학하려는 사람들이 옷을 말끔히 차려입고 대기하고 있었다.

차례를 기다려 면접장에 들어갔다. 면접 교수는 두 명이었는데, 한 분은 내가 자신 있던 한문을 강의한 교수였다. 또 한 분은 고급중국어1을 강의했던, 전 과목에서 내가 유일하게 C를 받아 고급중국어2를 수강 신청하지 않게 한 깐깐한 여교수였다.

면접 도입부는 아주 편안했다.

"지원서를 보니 경력도 화려하시고, 대학 성적도 우수하고, 나이 들어 공부하시느라고 고생이 많으셨네요. 대학원에 진학하려는 동기는 무엇입니까?" 등 여러 가지를 질문했다.

예상은 했던 질문이라 여유 있게 대답을 했다.

A4용지를 앞에 내밀며 읽어 보고 해석해 보라고 했다. 고급중국어2의 내용 같았다.

눈앞이 캄캄했다. 떠듬떠듬 읽으며 발음도 정확하지 않고 어색하다고 느꼈다. 문장을 해석하려고 보니 모르는 단어가 너무 많았다. 더 진행하면 밑천이 다 드러날 것 같았다. 중단하고 이실직고했다.

"저는 이 정도까지는 아직 실력이 미치지 못하는 것 같습니다. 그렇지만 기회를 주신다면 배우면서, 반드시 요구하는 정도의 실력을 갖추도록 하겠습니다. 제가 살아온 이력을 보시면 아시겠지만, 더 노력해서 대학원 과정에 걸맞은 실력을 반드시 갖출 자신이 있습니다. 제 꿈을 이룰 수 있도록 도와주세요. 부탁드립니다."

일이 꼬일 때는, 있는 그대로의 솔직한 모습으로 원하는 것을 말해야 상대가 감응한다는 것을 경험으로 알았다. 또 대부분의 경우 통했었다.

"대학원 과정을 이수하기 위해서는 기본적으로 학문적인 바탕이 깔려야 합니다. 사정은 알겠지만 공부가 의욕만으로 되는 것도 아니고, 공부를 좀 더 하셔서 실력을 쌓으시고 내년에 지원하세요."

'의욕' 우선과 '의욕'만으로는 안 된다는 의견이 반복되어 오가면서 그 상황이 계속되면 불이익을 받을 것 같아 화제를 돌렸다.

"공부를 안 했던 부분을 물어보셔서 그런데, 제가 잘할 수 있는 부분도 있습니다. 한문을 물어보신다면 대답을 잘할 수 있을 것 같습니다."

"실용중국어학과는 공부하는 데 한문 실력이 크게 필요하지 않습니다." 더 이상 할 말이 없도록 말을 잘라 버린다.

"영어도 유창하게 잘할 수 있습니다"라고 말했다. 내뱉은 말이 공허하게 되돌아온다. 더 이상 비빌 언덕이 없다는 것을 깨달았다.

'나이 먹어서 2년 동안 힘들게 고생하는 것보다 어쩌면 이것이 나을 수도 있겠다'고 애써 위안했다.

면접장을 나오면서, 젊은 날 실패의 기억이 떠올랐다. 시간에 늦어 마지막 편입시험을 보지도 못하고 군대에 갈 수밖에 없던 쓰라린 기억 말이다. 텅 빈 교정을 터덜터덜 걸어 내려오며 보았던, 도로 양옆으로 늘어진 앙상한 겨울나무가 생각났다. 그때 이후 처음 겪는 실패의 쓰라림이었다.

터덜터덜 걸어 나오는 동숭동 보도에는 한 무리의 태극기 부대가 태극기를 휘날리며 걸음을 방해하고 있었다.

대학원은 수월하게 합격할 수 있을 줄 믿었다. 그러나 믿는 도끼에 발등이 찍혔다. 잘 될 거라고 믿고 있던 일이 틀어졌다. 확실하다고 믿었기 때문에 상처가 컸다.

오랫동안 잊혀왔던, '세상에는 마음대로 되지 않는 것도 있다'는 것을 새삼 깨닫는다. 상처는 아물게 마련이다. 그러나 흔적을 남긴다.

오기가 되살아나 박사과정까지 해보겠다는 의지가 잠자던 불씨를 깨웠다. 상처의 흔적을 두고두고 되새김질하리라고 다짐한다. 그러나 오기는 뒤로 미루기로 했다. 지금은 할 일이 너무 많기 때문이다.

하지만 마음 한구석에는 불편한 느낌이 남는다.
'항상 꿈꾸었던 열망이었는가?'
'모든 것을 다해서 최선을 다했는가?'
'그러고도 믿는 도끼에 발등 찍혔다고 말하는가?'라고.

Part 2.

아무도
가르쳐주지 않는,
중년의 직장 생활

술 못 마시는 건설사 술 상무가 사는 법

나는 술을 잘 못 한다.

술과 건설회사는 불가분의 관계라고 하던 시절에 건설회사에 입사
했다.

이름 권하진은 한학을 하시던 조부님이 지어주신 이름으로 한자어
로는 권세 권(權), 물 하(河), 보배 진(珍)이다.

대학 시절에 한국어를 모르는 미국인에게 영어를 배운 적이 있
다. 처음 만나 이름을 소개할 때 내 이름의 뜻은 권—authority,
하—river, 진—treasure이라고 말했다. 동양에 대한 경외심이 있었는
지 영어 강사가 이름의 의미를 듣고서 감탄하며 매우 좋은 이름이라
고 말했다.

이름의 사전적 의미는 '어떤 사물이나 단체를 다른 것과 구별하여 부르는 일정한 칭호'이다. 사람들은 처음 만나 소개할 때 자기 이름이 남들과 차별화되어 불리기를 좋아한다. 상대방의 이름에 관해 묻거나, 말하는 것은 관심의 표현으로 무척 호감을 사는 일이다. 또한 직장 생활에서 자신의 이름을 가능한 한 빨리 상대방에게 인식시키는 것도 중요한 부분이다.

이름에 대해 가장 잘 정의한 사람은 김춘수 시인이다. 그의 작품 「꽃」에는 "내가 그의 이름을 불러주기 전에는 그는 다만 하나의 몸짓에 지나지 않았다. 내가 그의 이름을 불러주었을 때 그는 나에게로 와서 꽃이 되었다"라는 구절이 있다. 그렇다. 나도 누가 내 이름을 불러줄 때는 그 사람에게 달려가고 싶다. 이 시의 주제는 이름인 것 같다. 논리적으로 제목을 지으라면 '꽃'이 아니라 '이름'이라고 짓고 싶다.

상대방이 나의 이름을 불러주었을 때 느끼는 감동은 불러주는 상대가 누구냐에 따라 또는 그때 상황에 따라 달라진다. 내 이름을 전혀 알 것 같지 않은 교장 선생님이나 사장님이 이름을 불러준다면 그 관심에 감격한다. 좋아하는 남자친구가 이름을 부르며 사랑을 고백하거나 청혼을 한다면 이 또한 감동이 배가 된다. 이름을 불러주는 사람에게 호감을 느끼는 것은 서로에게 잊히지 않는 하나의 의미가 되고 싶어서일 것이다.

임원 초기 시절 대표이사가 바뀌었다. 새로 오시는 대표이사는 외부에서 초빙한 능력 있고 훌륭한 사람이었다. 부임 전 오시는 분의 프로필을 인터넷으로 검색해 보았다. 역시 훌륭하신 분이라 이름에서부터 학력, 경력, 기사 등이 실린 웹페이지가 몇천 건이 되었다.

나도 대기업 임원인데 혹시나 하는 마음에 이름 석 자를 쳐보았다. '권하진'이라는 이름에 검색되는 내용이 수천 건이 나오는 것을 보고 깜짝 놀랐다.

주요 내용은 이런 것이었다.

"술을 '권하진' 않아요."
"수술을 '권하진' 않습니다."
"모발이식을 '권하진' 않습니다."

주요 내용이 "권하진 마세요"였다. 실망스러움과 함께 머리를 스쳐 가는 생각이 있었다. 당시에는 영업이 주요 업무였기 때문에 거래처에 본인을 알리는 것이 가장 중요한 업무였다. 듣는 사람이 이름을 한 번에 기억하도록 이름에 관한 스토리를 만들자고 생각했다. 그러고는 처음 보는 사람이나 소규모 또는 대규모 모임에서 나를 소개하는 자리에서는 꼭 이 이야기를 써먹었다.

"제 이름은 권하진입니다. 한학을 하셨던 할아버지가 지어주신 이름인데요. 천기를 볼 줄 아셨던 것 같습니다. 제가 술을 못 할 줄 미리 아시고, 술을 권하진 말라는 의미로 권하진이라고 이름을 지어주신 것 같습니다."

이 정도 소개하면 듣는 사람의 반은 이름을 외우게 된다. 그다음에 건배사에서 쐐기를 박아 모두 내 이름을 기억하게 한다.

"지나친 음주는 건강에 안 좋습니다. 그래서 건배 제의합니다. 제 이름이 뭐죠? 제가 '권하진' 하고 선창하면 여러분은 큰 소리로 '말자' 로 화답하면 되겠습니다."

"권하진!"

"말자!"

이렇게 건배 제의까지 하고 나면 대부분의 사람이 내 이름을 기억 한다.

제자리에 돌아와 옆 사람들과 건배를 하면 "권하진 말고 잔만 부딪 칩시다"라고 바로 학습 효과가 나타난다.

중요한 것은 술을 못 마신다는 것이 사전 홍보가 되어서, 술을 권하 는 사람들이 거의 없다는 사실이다. 더구나 중요한 사람에게 술을 권 하고 답잔을 받아 마시면 상대방이 감격을 한다. 술도 못 마시는 사람 이 자기한테 와서 술을 권하고 술을 받아 마셨다는 사실이 감동을 주 는 모양이다.

나는 정말 술을 잘 못 마신다. 술을 못 하는 사람 대부분이 한 잔만 마셔도 얼굴이 빨개지는데, 나도 그렇다. 술을 두세 잔 마시면 정신이 없어지거나 졸게 된다.

"이렇게 술을 못 해서 어떻게 건설회사에 근무하나"라는 말을 무수히 들었다. 당시에는 술을 못 마시는 것이 큰 약점이었다. 사원, 대리 시절에는 가능한 술자리를 피했고, 어쩔 수 없는 경우에는 버틸 수밖에 없었다.

하지만 현장소장 시절에는 피할 수가 없었다. 무조건 맞닥뜨려야 했다. 오죽하면 무대에 있는 시간을 늘리고 술자리로 돌아오지 않으려고, 점심시간을 이용하여 춤을 배웠다.

특히 지방에 있는 거래처에 갈 때는 술 잘하는 직원을 꼭 대동하고 갔다. 자주 만나는 거래처는 인식을 시킬 필요가 있었다. 술자리 마지막까지 가서 거의 끝나갈 때쯤 술에 취한 척하며 쓰러졌다. 마무리하고 집에 가야 하는데 계산할 사람이 쓰러져 인사불성이니 소란스러웠다. 다음부터는 술잔이 뜸하게 왔다. 그러면서 주량도 약간씩 늘어 갔다.

임원 시절에도 영업을 담당해, 거래처와의 모임이 많았다. 이때는 시절도 많이 변했고, 나이도 있어서 그런지 솔직함이 통했다.

사전에 초면인 사람에게는 반드시 얘기했다. "술 한 잔만 먹어도 얼굴이 빨개지고, 얼굴이 벌게지는 사람은 체질상 술을 많이 못 먹는다"라고 얘기하면 거의 이해하고 술잔이 오지 않는다. 혹은 주량을 생각해서 반 잔씩 또는 3분의 1잔씩 왔다.

초면이지만 중요한 손님에게는 그렇게 술을 못 한다는 말을 하고 술을 주거니 받거니 하며 똑같이 마셔 버린다. 어느 정도 같이 마시면 '이 사람이 못 마시는 술을 자기 때문에 무리하며 마시는구나'라고 생각하며 본인의 위상에 대한 자부심으로 감동하는 한편 걱정의 눈빛을 보이며 자제한 채 자리를 끝낸다. 이런 경우에는 대부분 초면이라도 걱정이 되어서 명함을 보고 전화가 온다.

'내가 아쉬워 만난 사람에게서 안부 전화가 오게 하는 힘.'

그것은 술은 못 하는 약점이 강점으로 뒤바뀔 수도 있다는 것을 뜻한다. 그래서 세상은 공평하다. 약점도 강점이 되고, 강점도 약점이 될 수 있는 세상이다. 모든 것이 생각하기 나름인 것이다.

예전에 대학교수인 선배에게 회사를 홍보하러 갔었다. 선배는 스케일이 작다는 이야기를 하고 싶었던 모양이다.

"100원짜리 껌이나 팔지 무엇하려 건설회사를 해."

"건설회사에서 암석 1㎥ 발파해서 처리하는 데 돈 만 원이면 되지만, 껌 1㎥ 팔면 3천만 원이 넘어요. 스케일이 달라요."

결국 선배는 아무 말도 못 했다.

모든 것이 생각하기 나름이다. 또 모든 것은 생각한 대로 이루어진다.

내가 경험한 직장과 이름과 술의 상관관계다.

직장 업무에 대한 사고는 유연해야 한다. 회사나 본인의 이름을 한 번에 상대방에게 인식시킬 수 있는 스토리는 항상 준비되어 있어야 한다. 또한 자신의 약점을 장점으로 승화시키는 방안도 생각해야 한다. 왜냐하면 모든 것은 생각한 대로 이루어지기 때문이다.

실패에 겁먹지 말자

　아기는 두 발로 일어서기 위해서 무수히 넘어진다. 넘어진 건 실패라고 말하고, 마침내 일어서고 나면 성공이라고 말한다. 누구나 한 번의 성공을 위해서 수많은 실패를 한다. 다시 말하면 실패를 거울삼아 성공을 이룰 수 있다는 얘기다.

　역사란 계속되는 성공과 실패의 기록이다. 이렇듯 성공과 실패는 우리 가까이에 있다. 중년의 나이에 들어선 간부 사원의 경우 점점 실패가 두려워진다. 어떤 일을 추진할 때도 실패할 경우를 더 고려하게 된다. 그러나 성공만 할 수는 없는 일이다. 실패가 발판이 돼야 성공에 이를 수 있기 때문이다.

　〈채근담〉에는 성공 또는 실패할 경우 처신 방법이 잘 설명되어 있다.

恩裡由來生害 故快意時 (은리유래생해 고쾌의시)
須早回頭 敗後或反成功 (수조회두 패후혹반성공)
故拂心處 莫便放手 (고불심처 막변방수)

은혜(성공) 속에서 본디 재앙이 싹트니
만족할 때에 모름지기 머리 들어 사방을 둘러보라
실패한 뒤에 도리어 성공하나니
일이 뜻대로 안 되더라도 곧 포기하지 말라!

– 菜根譚 제10장

　간략히 정리하면 성공했다고 자만하지 말고 실패했다고 포기하지 말라는 얘기다. 실패했다고 모든 것이 없어지는 것은 아니다. 승자가 모든 것을 가져간다는 말이 있다. 그러나 패자에게도 패하기 전까지 투입하였던 자원과 경험, 패할 수밖에 없었던 노하우가 쌓여 있다. 포기하지 않으면 이것들이 성공의 밑거름이 된다. 포기하는 순간 이 모든 것들은 허공으로 사라져 버리고 아무것도 남지 않게 된다. 이같이 실패도 성공의 자산이라고 할 수 있다.

　새로운 분야의 업무를 추진할 경우 그 조직이 적응할 때까지의 실패 비용을 생각해야 한다. 장기적으로 새로운 분야의 효용이 클 경우 실패 비용도 커져야 한다. 이런 경우에 부서장은 실패를 두려워하지 말고 조직이 어느 정도 새로운 분야에 적응할 때까지 과감하게 일을 추진해야 한다.

　현장소장으로 근무하던 어느 날 본사에서 연락이 왔다. 새로운 부서를 만들 수밖에 없는 이유를 설명하고 그 부서를 맡아달라는 부탁이었다. 얼마 후 전보 발령이 났다. 턴키 공사 수주를 담당하는 신설 부서인 턴키팀 팀장으로 발령이 났다.

　팀도 각 부서에서 차출한 팀원들로 구성하였다. 턴키팀은 턴키 공사 정보를 수집하여 참여 여부를 기획하고 설계해서 공사비를 산정, 입찰하는 전 과정을 수행하는 부서다. 턴키 공사 입찰은 일반 공사와는 달리 설계비용을 입찰자가 부담하기 때문에 설계비 등 초기투입 비용이 많아 입찰에서 떨어지면 타격이 치명적이다. 한 프로젝트에 실패했을 때는 평균 20억 이상 비용이 날아간다.

　문제는 경쟁사보다 5년에서 10년을 늦게 시작해 경쟁사들이 시장을 선점한 상태였다는 것이다. 후발로 시장에 들어오는 회사들은 선점한 회사들이 거들떠보지도 않을 정도로 진입장벽이 높았다.

　구성 첫해에는 선점 회사들을 찾아가 자료 및 경험을 수집, 축적했다. 시장의 흐름을 익히고, 간접 경험을 하며 어느 정도 자신이 붙었을 때 경쟁에 뛰어들었다. 사업 품의를 받으러 사장실에 들어가 사업 설명을 하였다.

　"수주 확률은 몇 프로인가?"

　"30%입니다."

4개사 경쟁이니 25%, 여기에 5%를 더해서 보고했다.

"그럼 실패할 확률이 70% 아닌가? 실패 비용이 20억이 넘는데 자네 지금 제정신인가?"

눈앞이 캄캄해졌다.

"사장님, 우리 회사는 후발 회사이기 때문에 지금 공격적으로 참여하지 않으면 시장에서 살아남지 못합니다. 다행히 파트너 설계사가 업계 1위 회사이기 때문에 적극 이용해서 확률을 20% 이상 더해 50% 이상 확률로 만들어 반드시 수주하겠습니다."

"열심히 해보게."

부하직원의 열정적인 모습 때문인지 마지못해 결재를 했다. 내 경험도 그렇다. 부하직원이 해야 한다는 이유를 들어 열정적으로 달려들면 거절하기가 어렵다.

입찰 결과 4개사 경쟁에 꼴찌였다. 실패 원인 분석 및 대책을 보고하러 사장실에 들어갔다.

"자네 수주 확률이 50% 이상이라고 얘기하지 않았나? 최소한 2등은 해야지 꼴찌가 뭔가?"

"죄송합니다. 철저히 준비해서 다음부터는 이런 일이 없도록 하겠습니다."

이후에도 이런 식으로 세 번을 계속 떨어졌다. 다섯 번째 사업 품위를 받으러 사장실에 들어갔다. 계속적인 실패로 부서 분위기는 의기소침해져 있었다. 사업설명을 하였다.

"자네가 날려버린 돈이 100억이 넘는데 또 들어가겠다는 건가?"

"이번에는 확실합니다. 실패하면서 경쟁력도 생겼고 공동도급 사장이 발주처장과 사돈 관계로 수주를 장담합니다. 재가해 주시면 반드시 수주하겠습니다."

또 실패했다. 실패 원인 및 대책을 보고하러 사장실에 들어갔다.

"문을 닫고 들어오게."

20분 이상을 고개 숙이고 몸 둘 바를 몰랐다.

"자네 말대로 하면 우리나라에 사돈의 팔촌이 아닌 사람이 어디 있는가?"

"입이 있어도 할 말은 없습니다만 이제 경쟁력이 생겼습니다. 한 번만 더 기회를 주십시오."

이후에도 이런 식으로 두 번을 더 실패하고 실패 비용으로 거의 200억 가까이 쓰고 나니 염치가 없었다. 포기를 생각하다 그동안 투입한 자원과 직원들의 노력을 생각하고 결심했다.

'굶어 죽느니, 차라리 맞아 죽자.'

심기일전하여 다시 도전했다. 이후로 연전연승이었다.

선점 경쟁자들이 경쟁자로 대우를 하기 시작했다. 갑자기 회사 위상이 올라가기 시작하며, 경쟁보다는 제휴 쪽으로 바뀌며 수주 확률도 높아졌다. 결국 1조 원 이상의 수주를 했다. 실패 비용은 회수되었다.

매년 12월이면 깨끗하게 나갈 생각으로 그날이 왔을 때 할 말을 준비했다. 그러나 생각보다 오래 근무했다. 나중에야 알았지만 새 부서를 만들 때 200억 정도의 실패 비용을 생각하고 있었다고 한다.

나도 그랬지만 중년에 들어선 간부 사원은 실패를 치명적으로 생각한다. 그러나 포기하지 않는 한, 그것을 바탕으로 반드시 성공은 온다.

간부가 된 이상 모든 것을 내려놓고, 한 일에 책임질 준비가 되어 있어야 실패에서 자유로울 수 있다.

"실패는 성공의 어머니"라는 말이 있다.

실패에 겁먹지 말자. 실패했다고 절대 포기하지 말자.

그렇게 생각한 순간 성공이 저만치서 미소 짓는다.

천국으로 출근하는 사람들

입사 면접시험을 준비할 때, '직장 생활의 의미는 무엇인가?'라는 질문에 대한 대답을 준비했다.

'직장 생활은 자아실현을 함으로써 성취감을 느끼고, 기술과 방법을 배우며, 폭넓은 인간관계를 만들 수 있고, 급여를 받음으로 경제 활동을 하며, 목표를 향해 나아갈 수 있는 곳입니다.'

혹시 목표가 무엇이냐고 물으면 '사장'이라고 말할 생각이었다.

회사에 입사해서 근무 중에는 업무와 상사가 주는 스트레스, 원만하지 못한 대인관계 등으로 정신이 없었다. 중간 간부가 되어서야 비로소 '직장 생활의 의미'에 대해 생각할 여유를 갖게 되었다.

회사를 퇴직한 지금, 직장 생활의 의미를 묻는다면 역시 마찬가지로 자아실현을 함으로써 성취감을 느낄 수 있었고, 다양한 기술과 방법을 배웠고, 폭넓은 인간관계를 만들어 지금도 유지하고 있으며, 급여를 받아 처자식 먹여 살리며, 집 한 칸 장만하고, 애들 대학교육까지 시켰으며, 결국은 계열 회사 대표이사까지 되어 소원을 성취했다고 대답할 수 있다.

직장 생활로 중년이 되었으면 현재 위치가 임원, 팀장이나 부서장의 위치에 있을 시기다. 20여 년을 나름대로 충실히 직장 생활을 하였을 때 적용될 수 있는 이야기다. 공무원형 조직 처세에 길들지 않는다면 말이다.

'공무원형 조직 처세'란 무표정한 얼굴로 규정을 강조하며, 권위를 내세우고, 책임을 떠넘기며, 절차를 강조하는, 사무적이며 기계적인 처세를 말한다. 이런 처세 방법에는 열정이 없어, 승진의 한계가 있고, 과장급 이상 승진하기가 어렵다. 열정은 상대방에게 전염되어 상대가 곧바로 느낄 수 있다. 열정은 상급자에게나 부하직원에게 본인의 존재감을 보여주고, 목표를 추진하고 성취하는 최강의 무기가 된다.

단지 조성공사 현장소장을 할 때 이야기다. 그 공사는 70% 대 30%로 두 개 회사가 공동 도급하여 분리 시공하고 있었다. 매년 공사 예산도 70 대 30으로 배정되었다. 그러던 어느 날 발주처인 사업단에서 30% 구간을 먼저 개통하기로 결정해서 30% 회사에 연도 예산을 100% 투입할 수밖에 없다고 통보가 왔다.

우선순위가 바뀔 수밖에 없는 입장은 충분히 이해했지만, 70%인 우리 회사는 철수할 수밖에 없는 입장이었다. 현장 책임자로서 근무하는 직원들과 수백 명의 근로자, 그리고 장비를 생각하면 눈앞이 깜깜해지는 상황이었다.

발주처 의사 결정권자인 사업단장 집에 찾아가서 현재 상황을 설명하고 의사결정을 번복하도록 설득을 해보겠노라고 감독관에게 얘기했다. 사업단장은 집에 직원이 찾아오는 것을 제일 싫어하는 성격이라고 말렸다. 지푸라기라도 잡는 심정으로 밤에 단장 집을 찾아갔다.

단장은 집에 없었다. 명함을 내밀고 집 앞에서 기다리겠다고 이야기하고 돌아 나와 기다렸다. 1시간 정도 후 감독관에게 연락이 왔다. 단장에게 전화가 와서 많이 혼났다고 즉시 돌아오라는 내용이었다. 다음 날 아침 단장이 출근하기 전 단장실 앞에서 사죄의 말을 하려고 기다렸다. 그리고 집에 연락도 없이 불쑥 찾아간 것은 잘못이라고 사죄했다.

단장은 밤에 찾아온 이유가 궁금했던지 찾아온 이유를 물었다. 발주처 입장은 이해하지만 그것은 공사계약 위반으로 소송으로 번질 우려가 있고, 내 얼굴을 보고 있는 직원과 수백 명 근로자의 얼굴을 볼 수 없어 지푸라기라도 잡는 심정으로 찾아갔다고 솔직하게 이야기했다. 이틀 후 바뀌었던 계획이 원위치 되어 예산은 70 대 30으로 재배정되었다. 간절한 열정이 상대방을 설득한 것이다.

가기 전 수많은 갈등이 머릿속을 맴돌았다. 우선은 단장의 성격을 알기 때문에 가기가 싫었고, 간다고 바뀐다는 확신도 없었다. 가고 싶지 않았지만 가지 않으면 후회할 것 같았다. '마지막까지 최선을 다하고 후회하지는 말자'라고 생각하며 눈 딱 감고 집으로 찾아갔다.

경험으로 보면 마지막까지 열정을 다해, 최선을 다하면 모든 것이 거의 이루어졌다. 설령 안 된다 하더라도 후회하지 않고 마음을 비울 수 있다.

부서장의 위치에서는 위임전결이 필수다. 부서의 주요 업무를 파트장들에게 나누어 위임한다. 부서에 위임전결하는 전통을 세워 놓으면 실무자는 배워서 좋고, 위임한 자는 위임한 시간만큼 더 새로운 일에 집중할 수 있다.

또한 위임하여 코칭 하는 분위기를 만들어 부서의 소통을 원활하게 한다. 위임으로 남는 시간을 이용하여 부서의 미래나 대외관계에 몰두할 수 있다.

물론 본인이 직접 모든 일을 처리해야 안심이 되는 형의 사람들도 있다. '본인만이 일을 알아야지 존재감이 드러난다'는 생각으로 부하직원에게 인수인계를 하지 않는 사람들도 있다. 본인은 '무척 바쁘다, 퇴근 시간도 늦다, 휴가도 반납한다, 상당히 열심히 일하기 때문에 회사에 절대적으로 필요한 존재'라고 생각한다. 그러나 조직 입장에서 볼 때 조직의 발전을 저해하는 부류라고 할 수 있다.

조직에서는 일의 공유와 위임, 원활한 소통이 중요하다. 소통은 공감을 끌어내며, 공감은 자발적인 참여를 끌어낸다.

건설회사는 군대 조직의 일률적인 상명하복 방식을 선호한다. 정해진 기일 내 공사를 맞추기 위한 효율적인 방식이라고 생각한다. 나는 그 방식이 체질에 맞지 않아, 내 성격에 맞는 방식으로 파트장들에게 책임을 분담하고, 위임전결 전통을 세우면서, 부서 내 소통을 자유롭게 하였다. 그렇게 현장소장으로 세 개의 현장을 운영한 결과, 타 현장들보다 공정도 빠르고, 원가율도 낮아졌고, 안전사고도 적었다. 그보다 중요한 것은 가족 같은 분위기 속에서 이직률이 낮았고, 충분한 자기계발의 시간도 줄 수 있었다.

현직에 있을 때는 피부로 느끼지 못했는데 퇴직 후에 되돌아보니 그 안에는 놀라운 경험들이 많이 들어 있었다. 함께 일하며 노력해서 결과를 도출하는 즐거움은 소소한 것이 아니라 큰 기쁨이었고, 직장 생활이 놀라운 자아실현의 장이었다는 사실을 가슴으로 깨달았다.

사전에 있는 자아실현의 의미는 '하나의 가능성으로 잠재되어 있던 자아의 본질을 완전히 실현하는 일'이다. 매슬로(Maslow)는 자아실현에 도달한 사람의 특징으로 '자발성, 자연스러움, 단순성, 자율성, 적극성, 유머, 창의성' 등 여러 가지 긍정적인 모습의 단어들을 꼽았다.

지연도 연고도 없는 모르는 사람들이 서로 만나서, 상하 또는 수평적인 조직을 구성해 급여를 받으며 같은 목적을 가지고 근무할 수 있다는 것 자체가 경이롭다. 더구나 함께 모여서 목표를 설정하고, 목표 달성을 위해 부서 간에 협력하고 노력하며, 가용한 모든 자원과 에너지를 쏟아부어 목표를 달성하는, 그 성취감이란 정말 놀라운 일이다.

목표 달성에 참여한 모든 사람이 느끼는 성취감은 다를 수 있겠지만 한 배를 타고 달성했다는 즐거움은 같다. 이런 성취감을 느끼기 위해 어떤 사람들은 거액을 들여 높은 산을 오르기도 한다. 돈을 받으며 이런 성취감을 느낀다는 것이 놀랍지 않은가?

지금도 그런 상황을 되돌아보면 가슴이 뛴다. 특히 턴키 공사 수주가 성취감이 컸다. 사전에 미리 프로젝트를 계획하고 설계하며, 부서 단위가 아닌 본부 전 직원이 동원되어 서로 협조하고 지원해서 얻어낸 발주처 및 경쟁사 정보를 토대로 방향을 수정, 선택과 집중하여 다수의 경쟁사를 물리치고 공사를 수주할 때의 그 기쁨과 성취감은 이루 말할 수 없다.

입찰 결과를 발표하는 순간 전 직원이 숨을 죽이고, 발표 결과 우리 회사가 수주하였을 때 터져 나오는 그 환호성을 잊을 수 없다. 수주 결과를 정리하고 회식장소에 도착했을 때 "권하진! 권하진!" 하며 연호하는 동료들의 함성을 생각하면 지금도 가슴이 뛴다.

턴키 공사가 성취감이 컸던 이유는 사전에 치밀한 계산하에 프로젝트를 선택하고, 수주의 성패가 생물과 같아서 수시로 변하는 발주처와 경쟁사의 정보를 파악하는 정보전이기 때문에 일개 부서가 아닌 전 직원이 참여할 수밖에 없는 올라운드플레이라는 점에 있다.

시간이 많이 지난 지금도 그 성취감에 가슴이 뛰는데, 현직에 있었

을 때는 이런 감흥이 왜 적었을까? 그 이유는 어쩔 수 없이 하는 '일'
이었다고 생각했기 때문이다. 직장 생활은 한다는 그 자체만으로도
놀라운 것이고, 거기서 느끼는 성취감은 더욱 놀라운 것이라는 사실
을 일상과 의무감 속에서 잊고 지냈다.

직장 생활은 나의 재능을 마음껏 발휘할 수 있는 놀이터였다. 수많
은 사람을 알게 해준 사교장이었다. 일을 즐기며 경제적 보상을 받은
곳이다. 즐거움과 보람 그리고 존재가치를 느끼게 해준 학교였다. 즉,
자아실현의 장이었다.

"나는 천국으로 출근한다"라는 말이 있다.

나도 천국으로 출근한 적이 있었다. 그러나 그곳이 천국인 줄 잘 몰
랐다. 퇴직하고 나서야 알았다.

이태백의 달과 나의 달

　직장 생활을 하면서 자기계발 시간을 갖는 것은 상반된 것이 아닌 공존의 의미다. 사회는 복잡해지고 급속도로 변하고 있다. 시류의 변화에 따라 기업 경영도 변하고 있다. 인터넷과 SNS의 급속한 확산으로 기업도 이미지, 윤리 의식, 사회 공헌 등 다양한 분야에서 소통하고 유연하게 대처해야 한다. 구성원의 조그만 실수가 기업 전체에 영향을 미치는 세상인 만큼 직원들 자질교육의 중요성이 커지고, 여기에 많은 투자를 하는 추세이다. 근무시간에 많은 비용을 들여 강연자를 초빙하여 강의를 하는 이유도 직원들의 자기계발과 자질 향상의 중요성 때문이다.

　교육에는 전체를 대상으로 한다는 한계가 있다. 개인의 특성과 다양성을 고려할 수 없다. 따라서 구성원 스스로 개인의 시간을 할애하여 어학, 자격증, 취미 등 자기계발을 한다면 이는 결국 회사에 이득이 될 수밖에 없다.

나의 직장 생활 중 자기계발 사례를 소개한다.

중년이 될 때까지 머릿속을 계속 따라다니던 이백이 지은 한시(漢詩)가 있다. 나는 젊어서부터 인문학을 하고 싶었으나, 비교적 여유가 있는 중년이 되어서야 이를 시작했다. 직장 생활을 하며 한문 공부부터 시작하여, 중어중문학과를 졸업했다. 그 공부의 동기가 이백의 시로 유명한 「정야사」라는 시이다.

靜夜思(정야사: 고요한 밤의 그리움)

牀前看月光(상전간월광): 침상 앞 밝은 달빛
疑是地上霜(의시지상상): 마당에 서리가 내렸나 했네
擧頭望明月(거두망명월): 고개 들어 밝은 달 바라보다
低頭思故鄕(저두사고향): 고개 숙여 고향을 생각하네

제목은 '고요한 밤에 생각하다'라는 뜻이다. 이 시는 허리에 거금을 두르고 가슴에는 거창한 포부를 안고 큰 세상에 나갔으나, 2년여의 세월을 허송하고 돈도 건강도 다 잃어버린 젊은 이백이 양주의 쓸쓸한 여관에서 고향을 그리며 눈물로 쓴 시이다.

객지의 숙소에서 맞이한 밤, 침상 머리로 밝은 달빛이 비치고, 바닥에 비친 달빛은 마치 땅 위에 서리가 하얗게 깔린 듯하다. 문득 고개를 들어 밝은 달을 바라보던 시인은 고향에서 바라보던 달에 생각이 미치고, 멀리 떠나와 돌아갈 수 없는 고향 생각에 절로 머리가 수그러진다.

단 4구절 20자에 누구나 쉽게 할 수 있는 말로 사람들의 가슴에 담긴 고향에 대한 그리움을 절절하게 잘 표현한 명시(名詩)이다.

이 시가 내게 절절한 감동으로 다가온 것은 전방부대에서 군 복무하던 시절 야간 보초를 설 때의 기억 때문이다. 첩첩산중에 밝은 보름달이 비치고 달빛에 주변 지면이 하얗다 못해 푸른빛이 돌 정도로 차가웠다.

마치 서리가 내린 듯했다. 하늘에 떠 있는 달을 보며 생각했다. '가족이나 내가 아는 그 누군가도 지금 이 순간 동시에 달을 볼 수도 있겠구나.' 가슴이 뜨거워졌다. 달은 사람의 마음에 조그만 돌을 던진 듯 고요히 파동을 일으켜 들뜨게 한다. 이것으로 그치지 않고 가슴을 뜨겁게 데우기도 한다.

이백의 「정야사」와 두보의 「월야」라는 한시를 읽었을 때, 전방부대의 기억들이 바로 어제 일처럼 되살아나 가슴을 적시었다.

달이 가슴을 적시는 이유는 멀리 떨어져 있어도 동시에 볼 수 있고, 밤에는 사람의 마음을 끌어당기는 힘이 있기 때문일 것이다. 이백과 두보가 보았던 천삼백 년 전에도 하늘에 있었고, 내가 전방에서 보초

설 때도, 내가 죽은 뒤에도 달은 떠 있을 것이다.

달은 시공을 초월한 불멸의 영원한 존재이며, 어두운 밤을 밝게 비춘다. 두보가 가족과 떨어져 그리워하며 지은 시 「월야」에도 동시에 달을 본다는 애절함이 나타나 있다.

月夜(월야: 달밤)

今夜鄜州*月(금야부주월): 오늘 밤 부주에 뜬 달을

閨中*只獨看(규중지독간): 아내 홀로 바라보고 있으리

遙憐小兒女(요련소아녀): 멀리 떨어진 가련한 아이들은

未解憶長安(미해억장안): 장안의 지아비를 그리는 지어미 마음 알지 못하리

香霧雲鬟濕(향무운환습): 밤안개에 구름 같은 쪽 찐 머리 젖고

淸輝玉臂寒(청휘옥비한): 맑은 달빛 아래 고운 팔이 차가우리

何時倚虛幌(하시의허황): 언제 함께 창문 휘장에 기대어

雙照淚痕乾(쌍조루흔건): 달빛 받으며 눈물 자국 말릴까?

* 鄜州(부주): 현 섬서성(陝西省) 부현(鄜縣). 당시 두보의 가족이 있었다.
* 閨中(규중): 부인의 방. 여기서는 두보의 부인을 가리킨다.

두보가 전란 중에 부주로 피난시킨 아내와 자식을 생각하며 지은 작품이다. 이 시는 안록산 반란군에게 잡혀 있던 장안에서 부주에 있는 가족을 생각하며 지은 것이다. 두보의 시에 자주 등장하는 달은 가족과의 화합을 상징하는 의미가 강하다.

첫째 연에 사용된 독(獨) 자가 두 사람의 현재 모습이라고 한다면 앞으로 만나길 바라는 열망이 마지막 연의 쌍(雙) 자라고 할 수 있다. 언젠가 다시 만나 함께 달빛을 나누고 싶다는 강한 열망이 마지막 연에 담겨 있다.

두보가 달을 보고 느낀 감정을 천육백 년 후에 이해할 수 있고, 내가 같은 느낌이 든다는 사실이 무척 놀라웠다.

달은 시간과 공간을 초월해서 항상 그 자리에 있다. 과거에서 현재까지 많은 사람이 달을 바라보며 생각하고 느끼며 소원하던 모든 것들이 달을 바라보는 순간, 시공간을 초월하여 소통되는 듯한 기분이 든다. 예를 들면 '이태백이 놀던 달, 두보가 바라보던 달' 바로 그 달을, 지금 내가 바라보고 있다는 느낌 같은 것 말이다.

고전 시에서 달만큼 많이 쓰인 소재도 없을 것이다. 어두운 밤에 밝게 빛나기 때문에 시인 주변에 항상 달이 있었다.

나는 이백 「정야사」와 두보의 「월야」를 원어로 읽어 보고 싶었다. 한자 한 자 담겨 있는 뜻을 음미해 보고 싶었다. 시작은 한자 3급에서부터 2급을 거치며 재미를 느껴 논어를 읽게 되었다. 지식을 확장하고 싶은 생각에 중어중문과에 지원하여 직장을 다니면서 공부하고 졸업도 하게 되었다. 지금은 대학원까지 공부를 더 해서 깊이를 심화하고 싶은 생각도 가지고 있다.

직장의 구성원들이 자기계발로 사고의 수준이 높아졌을 때는 본인뿐만 아니라 회사에도 도움이 된다. 직장 생활 7년 차에 기술사 공부를 시작하여 5년간 공부했다. 그 당시에는 기술사에 대한 대우가 좋아 회사에 사표를 내고 절에 들어가 공부한 사람도 꽤 있었다. 그러나 결과로 볼 때 직장 생활과 기술사 공부를 병행한 사람들이 합격률이 높았다. 장기적인 계획을 갖고 꾸준히 준비하는 것이 단시간에 성취하기 위해 무리하는 것보다는 효과가 있는 것 같다.

회사에서도 면허증이 필요하기 때문에 지원을 해주었다. 5년을 자기계발한 결과, 회사는 최고의 기술자격증 보유자를 직원으로 두게 되었고, 개인적으로는 최고 기술자라는 인정을 받아서 좋았다.

이제는 서서히 근무시간이 짧아지고, 법으로 강제하기 때문에 자기계발을 할 수 있는 시간들이 점점 많아지고 있다.

업무와 관련된 자기계발이든 또는 취미생활이든 시간은 그것을 위해 별도로 기다려주지 않는다.

퇴직한 지 일 년이 되지 않은 지금, 기초부터 다시 시작하지 않고 그동안 해왔던 것을 음미하며 즐길 수 있다는 것에 대해 감사하고 만족한다.

지금도 하늘에 떠 있는 보름달을 보면, 내 젊은 시절 보던 달과 이백, 두보와 옛 선인들이 달을 보며 느꼈을 감정을 생각하며, 가슴이 뜨거워진다.

오늘도, 내일도, 우리 모두 즐겁게

"여러분, 잔을 높이 들어주세요. 제가 선창하면 여러분은 '즐겁게'라고 크게 외쳐주시면 됩니다. 그럼 선창합니다."

"오늘도?"

"즐겁게!"

"내일도?"

"즐겁게!"

"우리 모두?"

"즐겁게!"

내가 건배 제의를 받으면 제일 많이 쓰는 건배사이다. 이 건배사는 내가 만들었다고 생각하는데 너무 일반적인 문구라서, 그전에 딴사람이 사용했던 것인지도 모르겠다.

이 건배사엔 세 가지 이점이 있다. '즐겁게'를 세 번 복창하기 때문에 소란한 장내가 정돈된다. 복창이, 한 사람이 말하듯 딱 맞으면 일체감에 모두 기분이 좋아진다. '즐겁게'를 입 밖으로 세 번 얘기하기 때문에 마음도 즐거워진다.

모든 사람은 한 번뿐인 인생과 삶을 즐겁게 살 권리를 가지고 있다. 직장인 대부분이 하루의 3분의 1을 직장에서 보낸다. 잠자는 시간을 제외하면 출퇴근 준비 시간을 포함하여 하루 대부분을 직장에서 보낸다고 말할 수 있다.

우선 '일이다'라고 생각하면 좋든 싫든 해야 한다. 직장 생활은 '힘들다, 어렵다, 스트레스받는다'라는 부정적인 말과 연결되어 있다. 또한 생활을 위한 돈을 벌기 위해 일해야 한다는 강박관념에 사로잡혀 있다.

직장 상사가 부하직원들을 강압적으로 억누르는 행위는 이런 생각에 기름을 끼얹는다. 최근 많이 말하는 '갑질'이다. 중년에 부서장 위치까지 근무했다면 이런 경험을 몇 번씩 하고, 참으며 극복했을 것이다.

내가 겪은 경험을 이야기하면, 건설회사의 경우 감정 표현이 직설적이다. 이런 감정 표현은 습관적이거나, 조직 분위기상 의도적으로 조성하는 경우도 있다.

그런 상사 밑에 근무하면, 아침에 출근해야 한다는 생각에 저녁때부터 스트레스를 받고, 아침에는 아침 회의에 참석해야 한다는 스트레스를 받는다. 스트레스 때문에 사표를 쓰고 싶단 생각도 하루에 몇 번씩 한다. 심할 때는 목덜미에 열이 나며 뻣뻣해진다. 오직 한 번뿐인 인생인데, 직장 생활을 이렇게 보낸다고 생각하면 서글퍼진다.

직장 분위기 조성의 책임은 전적으로 부서장에게 있다.

부하직원의 직장 생활이 천국과 지옥으로 갈리는 건 전적으로 부서장에게 달렸다는 이야기다. 본인이 어렵게 직장 생활을 했다고 해서 부하직원에게 그런 생활을 강요할 수 없다.

부서장은 부하직원을 천국에서 살게 할 의무는 있으나, 지옥에서 살게 할 권리는 없다. 부하직원을 천국에서 살게 하기 위해서는 기본적으로 배려심 있는 마음 씀씀이가 필요하다.

먼저, '구성원들이 가족이라고 생각하라.' 오랜 시간 같은 목적을 가지고, 서로 협력하여 추진하는 일을 성공시키며, 같은 성취감을 느끼는 것은 한솥밥을 먹는 가족만이 할 수 있다.

또, '상대방의 입장에서 모든 것을 생각하라.' 항상 말할 때는 받아들이는 부하직원 입장에서 한 번 더 생각해야 한다. 이것은 직장뿐만이 아니라 세상을 살아가며 가장 기본적으로 갖춰야 할 소양이다.

'중요한 업무 외에는 과감하게 간소화한다.' 중요하지 않은 단순한 일이나, 보고만을 위한 일, 중복되는 일, 반복적인 일들이 업무의 상당 부분을 차지한다. 그런 일들은 과감하게 생략하거나, 간소화하면 모두가 즐거울 수 있는 여유를 안겨준다.

'가능한 위임전결할 수 있는 분위기를 조성하라.' 위임하는 자는 업무를 위임하며 자신이 더 큰 일을 구상할 수 있는 시간을 만든다. 부하직원에게 자신의 노하우를 전수할 수 있다는 이점이 있으며, 부하직원은 새로운 지식을 전수받을 수 있고, 맡은 일에 책임감을 가질 수 있다. 그 결과 부하직원들은 책임감 아래 자발적으로 일을 처리하는 습관이 생긴다. 이것이 업무 보고에 상투적으로 들어가는 '조직력 강화'의 참모습이라고 생각한다.

'합심하여 추진한 업무가 성공했을 때는 그 성취감을 모두 함께 나눈다.' 부서의 업무는 가능한 한 모든 직원과 공유한다. 본인이 하는 업무가 사업의 성공에 어떤 영향을 미치는지 알고 업무를 시작하면, 의욕이 나며 업무가 즐거워진다. 그 결과가 성공으로 이어져 성취감을 맛보았을 때, 그 이후의 업무는 신바람 그 자체이다.

그 외에도 회의 시간을 짧게 하고, 부하직원의 얘기를 경청하며, 영화, 볼링, 여행, 야유회 등산 같은, 함께할 수 있는 이벤트도 필요하다. 연말에는 꼭 가족동반 송년회를 가졌다.

이런 유대관계를 자주 가지며 가족 같은 느낌을 가지도록 노력할 필요가 있다.

누군가는 이런 식으로 부서를 관리하면 위계질서가 무너지고 업무 추진력이 저하된다고 얘기하기도 한다. 그러나 가족과 같은 유대감이 형성되어 소통이 원활해지며, 자율적으로 업무를 처리하는 분위기가 형성되어 오히려 업무의 효율성이 높아지는 경우가 많았다.

아주 가끔 조직 분위기가 해이해질 때는 소속 직원이 지켜보는 가운데 팀장을 혼을 냈다. 혼을 낼 때는 반드시 혼나는 이유를 말해 주었다. 그렇게 세 개의 현장과 두 개의 본사 부서를 운영한 결과 전혀 실패를 보지 않았다.

즐거운 직장 생활을 위해서는 개개인의 노력도 중요하다.

사람은 자신이 좋아하는 일을 할 때 행복감을 느낀다. 적성에 안 맞는다고 핑계를 댈 것이 아니라, 어차피 해야 할 일이라면 즐겁게 해야 한다. 본인이 맡은 일에 즐겁다고 자기 최면을 거는 것도 중요하다.

지금 내가 직장에서 차지하고 있는 이 자리가 누구에게는 취직을 위해 수많은 실패를 거듭하며 입사하길 애타게 바라는 자리일 수도 있고, 또 누구에게는 이 자리에 오르기 위해 수많은 인고의 날들을 보내며 바라보고 있는 자리일 수도 있다.

이런 놀라운 사실을 생각하면 내가 하는 일에 대한 자부심과 만족감을 느낄 수 있다.

인문 분야가 적성에 맞고, 술도 못 마시는 내가 이공분야의 건설회사에 입사하는 자체가 적성에 안 맞았다. 그럼에도 끝까지 그 분야에서 즐겁게 일할 수 있었던 것은 '일이 나에게 맞는다'라는 자기최면 덕분이었다. 자기최면이 아니라 실제 그랬다.

자신의 판단이 남의 생사를 좌우하기 때문에 일에 치여 사는, 권위의 상징인 검찰이나 법관, 생명을 살리는 의사 같은 직업을 택하지 않고, 인간의 복지와 편리함을 위해 싸우는 직업을 가진 것에 얼마나 감사하는지 모른다.

일에 보람을 가지면 즐거워지고, 즐거우면 감사하는 마음이 생긴다.

감사하는 마음은 상대방에게 전염되어, 남들보다 더 많은 기회를 얻게 한다.

남들은 나에게 운이 좋은 사람이라고 말한다. 운은 그냥 오는 것이 아니다. 준비된 사람에게만 온다.

'모든 사람은 한 번뿐인 인생과 삶을 즐겁게 살 권리를 가지고 있다'고 앞서 말했다. 그 권리를 누리기 위해서는 많은 노력이 필요하다.

"멀리서 친구가 찾아오니, 이 또한 즐겁지 아니한가?"라고 공자가 이야기한 것을 역으로 생각해보면, '인간관계를 형성하는 가장 중요한 요소는 즐거움'이라고도 말할 수 있다. 간단히 말하면 '만나면 즐겁다'는 이야기다.

그래서 건배를 다시 한 번 제의하고 싶다.

"오늘도?"

"즐겁게!"

"내일도?"

"즐겁게!"

"우리 모두?"

"즐겁게!"

오늘도, 내일도, 우리 모두, 이렇게 즐겁게 살았으면 싶다.

롱런하고 싶거든…

그동안 너무 많은 실패를 했다.

추진하는 프로젝트마다 8번을 연속하여 실패하니, 부끄러워 얼굴을 들 수 없다. 믿고 따라와 준 직원들 얼굴 보기도 미안하다. 쏟아붓고 날린 돈만 상당한 금액이다. 이 정도로 회사에 손실을 끼친 직원이라면 내가 사장이라도 가만히 두지 않겠다.

처자식 있는데 내 손으로 사직서를 낼 수는 없고, 염치가 없지만 누군가 그만두라 할 때는 미련 없이 감사하는 마음으로 떠나겠다고 결심했다.

그리고 조용히 책상 앞으로 다가가 앉았다.

백지 한 장을 책상 위에 놓고 앉아 치열하게 살아온 직장 생활을 되돌아보았다. 그리고 써내려가기 시작했다. 퇴직 통보에 할 말을 미리 준비하고 외우기 위해서였다.

그렇게 모든 것을 내려놓고 처분을 기다렸다. 세상은 참 알 수 없다. 끝까지 가보아야 알 수 있다. 그때부터 7년이나 더 근무했으니 그렇다.

퇴직한 지금 '장수의 비결은 무엇일까?'

여러 가지 요인이 있겠지만 군이 이야기하라면 크게 세 가지이다.

★ 첫 번째, 가장 중요한 것이 '열정'이다

자기가 맡은 일을 하고자 하는 의지다. 사람들 간에는 거의 차이가 없으나, 작은 차이가 커다란 차이를 만든다. 이 작은 차이는 태도인데, 태도가 적극적이냐 소극적이냐에 따라 차이가 나타나는 것이다.

이 태도가 바로 열정이다. 열정이 있느냐 없느냐를 보고 어떤 일의 추진에 적극적이냐 소극적이냐를 알 수 있다. 열정이란 맡겨진 일에 내 일같이 최선을 다하는 노력이다.

이런 열정은 행동으로 나타나 본인이 의식하지 않아도 동료나 상사에게 전달된다. 능력의 유무나 일의 성패와는 상관없이 최선을 다한 모습은 상대방에게 깊이 각인된다.

최선을 다해서 원하고, 행동하면 모든 것이 이루어진다. 설령 이루어지지 않는다 하더라도 자기가 최선을 다한 일은 후회로 남지 않는다.

여러 번의 실패로 어느 정도 수준에 올라선 이후에, 열정을 갖고 최선을 다해 추진한 프로젝트는 거의 실패한 적이 없었다.

'진인사대천명(盡人事待天命)'이라고 했다. 주어진 일에 노력을 다하고, 오직 천명을 기다린다는 뜻이다. 내가 경험한 바에 따르면 하늘은 최선을 다한 사람의 손을 들어준다.

★ 두 번째, 사람들을 '조력자'로 만들어야 한다

선배, 동료, 부하직원 심지어 경쟁자까지 나를 도와주는 우군으로 만들라는 말이다. 나의 경우 얼굴형도 선하게 생겼고, 성격 또한 부드러워서, 자연스럽게 조력자를 만들었던 것 같다.

그러나 거기에는 몇 가지 노력이 있었다. 모든 것에서 처지를 바꿔 상대방 입장에서 생각했다. 요즘은 '갑질' 이야기가 언론에 많이 회자된다. 나는 내가 '갑'의 위치에 있더라도 '을'의 입장으로 처신했다. 상대방을 위해 내가 도와줄 부분이 있다면 성가시더라도 가능한 범위에서 도와주려고 노력했다. 안 된다고 의지를 담아서 얘기하지 않았다. 안 된다고 얘기할 땐 상대방이 이해할 수 있게 왜 안 되는지를, 어쩔 수 없었다는 점을 반드시 설명했다. 성격에 따라 무심코 그렇게 살아왔지만, 받아들이는 사람에 따라 좋게 보였다거나, 심지어는 감동까지 받았다는 사람도 있었다.

생각해보면 내가 어려울 때는 주위에 언제나 조력자가 있었다. 어떤 경우에는 경쟁자도 내게 도움을 주었다.

나를 밑으로 끌어내리는 네거티브한 평판은 거의 없었고, 좋은 평판만 소문이 났다. 승진할 때, 이러한 좋은 평판이 상당히 큰 효과를 발휘했던 것 같다. 이것이 내 사회생활과 직장 생활에서 우뚝

설 수 있는 밑거름이 되었다.

★ 세 번째, '로열티, 믿음 또는 책임감'이다

사람은 위험을 만나면 피하게 되고, 거기서 빠져나가려고 노력하는 것이 인지상정이다.

가끔은 피할 수 없는 막다른 골목까지 몰릴 때가 있다. 이 막다른 골목이 내가 맡은 업무의 범위와 연관된다면 반드시 본인이 책임을 져야 한다. 이런 책임져야 할 상황에서 본인이 위험을 회피하면 누군가가 피해를 본다. 그 누군가는 내 부하직원일 수도 있고, 자신이 몸담은 회사일 수도 있다.

직장 생활을 하며 업무를 처리할 때 이런 상황은 반드시 오게 마련이다. 이런 상황이 올 때마다 위험을 회피하지 않고 온몸으로 받으며 앞으로 나아갔다. 이때 필요한 부분이 '로열티, 믿음 또는 책임감'이었다. 내가 몸담고 있던 회사는 대부분 회사가 그렇듯이, 건설로 인한 주민 및 관련 회사와의 이해관계, 안전사고 등의 법적인 다툼이 많았다. 그때마다 회피하고 싶었지만 의연하게 대처했다.

"생즉필사(生卽必死), 사즉필생(死卽必生)."

이순신 장군이 명량대첩에 참전하기 전 남긴 말로 "살고자 하면 반드시 죽고, 죽고자 하면 반드시 살 것"이라는 뜻이다.

이런 마음으로 모든 것을 내려놓고 눈 딱 감고 대처를 했다. 객관적인 확률로는 법정에 있을 가능성이 컸지만 사즉필생(死卽必生) 했다. 그리고 직원들 사이에서 믿음과 책임감이 있는 사람으로 소문이

났다.

내가 후배들에게 얘기해 주고 싶은 것은 이 세 가지이다.

입사할 때 꿈은 기술자로서 최고 위치인 현장소장이었다. 그러나 나는 건설회사에 입사할 때부터 거의 부적격에 가까웠다. 술도 못 했고, 건설회사 특유의 군대식 문화와도 성격상 맞지 않았다. 그럼에도 불구하고 목표로 했던 현장소장을 넘어 최고위 임원까지 올라간 비결은 이 세 가지라고 감히 말할 수 있다.

책상 앞에 백지를 놓고 그 해 퇴직할 것이라고 생각했다. 그러나 이후로 7년이나 더 근무했다. 그 당시엔 1년이 7년이 될지 전혀 알 수 없었다.

세상일이란 한 치 앞도 알 수 없다지만, 회사에 그렇게 큰 손실을 보게 하고도 오래 근무한 데는 반드시 그만한 이유가 있을 것이다.

남이 본 나라는 사람

지금까지 내가 살아온 인생의 반 이상을 직장에서 보냈다. 그중 가장 후회되는 것은 '왜 직장 생활을 일이라고 생각했을까?'이다.

우선 '일이다'라고 생각하면 좋든 싫든 해야 한다. 직장 생활은 '해야 한다, 힘들다, 어렵다'라는 부정적인 말과 연결되어 있다. 나름대로 직장 생활을 잘해 왔고 즐기며 해왔다고 자부하는 나도 예외는 아니다.

은퇴하고 나서야, 일도 생의 즐거움 중 하나라는 것을 절실히 깨닫는다.

'일은 놀이다'라는 생각으로 직장 생활을 했다면 더욱 즐거웠을 것이다. 일을 하고 나서 성취감과 기쁨은 무수히 느꼈지만, 그 과정을 즐거움이라고 생각해본 적이 없다. 과정은 일 그 자체였을 뿐이었다. 은퇴한 지금은 과정도 놀이로 즐길 수 있을 것 같다. 현직에서 그랬었다면 일하는 즐거움이 배가 되었을 것이다.

책을 내겠다는 성취감을 위해 글쓰기라는 어려운 작업을 하고 있지만 내가 하고 싶어서 하는 일이다 보니, 이것도 행복으로 느껴진다. 다시 말하면 책 쓰는 과정을 즐기고 있다고 말할 수 있다. 앞에 널려 있는 모든 즐거운 것들을 포기하고 글을 쓰니 말이다.

어느덧 직장 생활과 조직관리 이야기가 거의 끝나간다. 다시 한 번 이 부분을 요약한다면, 내가 성공적인 직장 생활을 할 수 있었던 비결은 규정을 강조하고, 권위를 내세우고, 책임을 떠넘기며, 절차를 강조하는 공무원형 조직 처세와는 다르게 그 반대의 처신을 해왔다는 것이다. 다시 말하면 일에 한 발을 빼지 않고 두 발을 다 담갔다는 얘기다.

이런 열정은 조직이 거대해서 알아줄 것 같지 않더라도 조용히 전파된다. 상급자에게 또는 부하직원에게 본인의 존재감을 보여주고, 목표를 추진하고 성취하는 최강의 무기가 된다.

조직에서 부서장이나 팀장이 갖추어야 덕목의 우선순위를 매긴다면 가장 중요한 것이 열정이라 했다. 두 번째로는 업무의 위임전결이었다. 세 번째는 책임감이었다. 부하직원이 믿고 따르도록 상사가 보여주는 든든함과 믿음이 중요한 것이다. 또, 소통과 자발적인 참여 유도도 중요했다. 소통은 공감을 끌어내며, 공감은 자발적인 참여를 끌어낸다. 어쩌면 이 부분이 부서장으로서 가장 중요한 역할이라고 생각하나, 조직의 목표와 효율성을 생각해서 네 번째로 꼽았다. 즉, 정보를 공유하며, 상대방의 입장에서 생각하며, 가족적인 분위기에서 직원들이 성취감을 느끼며 즐겁게 일하도록 만드는 분위기 조성은 부서장의 책임이다.

이런 원칙들이 직장 생활에서의 성공의 비결이라고 생각했다.

갑자기 내가 생각하는 직장 생활의 비결을 나와 같이 근무했던 사람들이 어떻게 받아들였는지 궁금해졌다.

현재 근무 중인, 같이 근무했던 사람들과는 거의 연락을 끊고 지냈다. 그들과의 인연은 현역에 있을 때 함께 근무했던 것까지라고 생각해서, 은퇴 이후 근무지를 찾아가거나, 연락을 취한다면 그들에게 부담으로 작용할 것 같아 자연스러운 경우를 제외하고는 연락을 끊고 지냈다.

소식을 끊고 지내다가 갑자기 연락하는 것이 부담스러웠다. 그러나 부담감보다는 궁금증이 더 컸다.

처음에는 설문지를 만들어, 직접 만나서 옛이야기도 하며 자연스럽게 인터뷰를 할 생각이었다. 명단을 뽑았다. 직장에서 업무와 연관된 사람들은 너무 많았다. 그래서 3년 이상 같은 부서에 근무했던 사람들로 줄였다. 그래도 30명 가까이 되었다. 직접 만나 인터뷰하는 것은 포기했다. 대신에 지면의 제약은 있지만 시간과 노력이 거의 안 드는 SNS를 택했다. 소식을 끊고 지내다가 갑자기 SNS를 받았을 때 상대방이 받는 부담을 생각해보았지만, 그냥 보내기로 했다.

SNS로 보낼 초안을 생각했다. 가능한 한 간략하게 썼다.

안녕하세요. 직장 생활에 관한 책을 쓰고 있습니다. 업무를 같이했던 동료들의 나에 대한 객관적인 생각을 알고 싶습니다. 객관적인 답변이 중요합니다. 가능한 빠른 답변 부탁드립니다.

〈설문조사〉

1. 근무하면서 나에 대해 느낀 우선순위 순서는?

   1) 열정 2) 위임전결 3) 책임감 4) 소통 5) 자발적인 참여 유도

   ▶ 답변 예시: 4 〉3 〉5 〉2 〉1

2. 배우고 싶은 점은?

   ▶ 답변 예시: 배려심이 있다, 아이디어가 효율적이다 등

3. 다른 사람과 차별화되었던 점은?

4. 장점은?

5. 단점은?

6. 종합적으로 평가한다면?

답은 카톡, 문자, 메일 다 좋습니다. 익명을 보장하겠습니다. 오늘도 가슴 벅찬 하루 보내시고요.

소통과 자발적인 참여 유도는 거의 같은 항목이지만 질문의 요점을 이해하는지 궁금해서, 우선순위가 연이어 답변이 나올 것을 기대하며 나누어 놓았다. 옛정을 생각해서 100%의 답장을 기대하였지만, 현직에 있어 바쁜 일이 많을 것이라는 현실을 감안하여 50%의 답변이면 성공이라고 생각했다. 명시는 하지 않았지만 이틀 후에 마감할 생각이었다.

문자로 설문지를 보냈다.

보내고 나서, 참 잘했다는 생각이 들었다. 설문조사를 떠나, 시간이 흘러 잊혀가는 은퇴자에 대해 같이했던 시간을 뒤돌아보게 하는, 아주 획기적인 방법이라는 생각이 들었다. 또, 오랫동안 소식을 끊은 사람이 보내는 안부 인사 역할도 하였다.

답이 왔다.

결과는 아주 실망스러웠다.

부서장의 역할에 대한 설문조사이기 때문에 설문자의 대부분이 같은 부서에 근무했던 부하직원이었다. 열과 성을 다하여 직원 관리를 하였기 때문에 옛정을 생각해서 최소한 50% 이상의 응답은 받을 것으로 생각했으나 40%도 되지 않았다.

현업에 바빠서 그럴 것이라고 애써 위안하였지만 서운했다. 그러나 세상사는 미래나, 직접 몸에 부딪히는 것을 우선으로 한다는 사실을 잘 알고 있다. 과거에 얽매이지 않는 것이 인지상정이다.

답안을 분석하면 1순위로 열정이 가장 많았고, 그 뒤를 따르는 것이 책임감이었다. 그러면서 질문이 잘못되었다는 것을 알았다. 대부분의 사람이 열정과 책임감을 같은 의미로 생각하는 것 같았기 때문이다.

그다음 우선순위는 예측대로 위임전결이었다. 소통을 1순위로 올린 친구들도 많았다.

그런 면에서 볼 때는 내가 생각하는 예측에 어느 정도 근접했다고 할 수 있다.

가장 가까운 거리에서 오랫동안 근무한 직원의 답변을 소개한다.

프로젝트를 같이 하면서, 주변 여건이 최악이라 경험상 실패할 확률이 높아, 식사 자리에서 무심코 부하직원에게 해서는 안 될 포기 비슷한 발언을 하고, 아차 싶었다. 백 명이 넘는 직원이 프로젝트를 위해서 동분서주하고 있는데, 책임자가 그렇게 나약한 소리를 하면, 밑에 있는 사람들은 어떻게 하느냐고 정색하며 반문해서 나를 무척 부끄럽게 했던 친구다.

그 창피함 때문에 나머지 기간 최선을 다했다. 그 결과 반전이 이루어져 그 프로젝트가 성공했다. 이렇게 바른 소리도 할 줄 아는 것이 부하직원의 역할이라는 것을 각인시킨 친구의 답변이다.

〈설문조사〉

1. 근무하며 나에 대해 느낀 우선순위 순서는?

   1) 열정 4) 소통 3) 책임감 5) 자발적 참여 유도 2) 위임전결

2. 배우고 싶은 점은?

소통– 동료 임직원들 간 대화의 허브가 되어주는 것. 업무적인 내용 이외에도 개인적인 이상, 삶의 고충을 들어주어 마음을 공유하는 능력이 훌륭함.

3. 다른 사람과 차별화되었던 점은?

사회생활을 하면 사람들 개개인이 생각하는 방향이 있습니다. 그에 따라 자연스럽게 반대급부가 생기게 마련이나, 권하진 대표님은 여러 의견을 종합하여 함께 추진할 수 있는 방향을 고민하며 업무를 추진하였습니다.

4. 장점은?

즐겨 쓰시던 말 중에 '권하진 말자'라는 말이 있었습니다. 평소 강압적인 스타일보다는 유하고 협의에 의해 일을 진행하는 편이라고 생각했습니다.

5. 단점은?

많은 부분을 심층적으로 고려하고, 걱정하는 성격이다 보니, 여러

가지 안 중에서 결정을 못 하고 시간이 지나는 점도 있었다고 생각
됩니다.

6. 종합적으로 평가한다면?
건설회사는 현장 운영 시 사고 발생의 위험 때문에 강압적인 면이
강하게 내재한 산업이라, 대부분의 임직원들 성향이 강성인 편이나,
권하진 대표의 경우 강함과 유연함을 동시에 갖고 있었습니다.
그런 부분들이 임직원들에게 높은 평가를 받으며 성공적인 직장 생
활을 했다고 생각합니다.

다음은 7년을 같이 근무하며, 아이디어와 대안을 잘 제시하며, 두
뇌 회전이 빨랐던 부하직원의 답변이다.

〈설문조사〉
1. 근무하며 나에 대해 느낀 우선순위 순서는?
   1) 열정 3) 책임감 2) 위임전결 5) 자발적 참여 유도 4) 소통

2. 배우고 싶은 점은?
   열정과 책임감 외 다수

3. 다른 사람과 차별화되었던 점은?

임원으로서 업무가 과중하고 수많은 의사결정과 스트레스를 받는 경우가 많음에도 불구하고 가족과 소통하고 화목을 도모하며 가족 여행 이벤트를 만들어 시간 관리를 하는 모습이 아름답습니다.

4. 장점은?

현실에 안주하지 않고 기회가 될 때 무엇이든 이루려 하는 의지와 학구열, 시간관리 능력, 정보 수집 능력, 어떤 사실을 알아도 모른 상태처럼 바라보는 자세, 친화력, 골프 칠 때 집중력이 대단하십니다.

일어나는 상황 중 잘못되었다고 판단되는 것에 비판하지 않고, 사건에 직간접적으로 연관된 동료나 부하직원을 질책하지 않았습니다.

하고픈 말을 직접 쓴 편지로 전달하는 습관 등이 좋았습니다.

5. 단점은?

너무 착하다. 마음이 여리다. 몸매(체중) 관리에 신중해야 합니다.

6. 종합적으로 평가한다면?

오래도록 기억되는 사람일 것이며 위와 같이 본받을 점이 매우 많은 분입니다.

7. 첨언

이제 청첩장을 기다리겠습니다. 사모님 말씀 잘 들으시고 해외여행 가셔서 다투지 마시고 두 분 오래도록 건강하십시오.

설문조사를 하면서 깨달았다. 반평생 이상의 직장 생활을 하며 내가 보여 준 모습이 헛된 것이 아니었다는 사실이다. 시간이 지났어도 부하직원들의 머릿속에 생생한 기억으로 남아 있었고, 확대 재생산되어, 또 다른 후배들에게 전파되고 선순환되어 직장 분위기가 개선되리라는 것도 알았다.

내가 너무 늦게 깨달은 '일도 생에서 누리는 즐거움 중에 하나'라는 것을 후배들은 은퇴 전에 깨닫기 바란다. 추진하는 업무의 과정도 '일'이 아닌 '놀이'라고 생각하며 일 자체를 즐겼으면 싶다.

내가 지금 만드는 기안서에 차상급자가 어떻게 반응하고, 결재권자가 재가할지 아니면 어떤 이유로 반려할지 궁금하지 않은가? 그런 부분을 예측하며 일하는, 그 과정은 즐거울 것이다.

추진하는 프로젝트가 성공했을 때 기쁨을 생각하며 일하는 것도 재미있을 것이다. 반려하거나 실패에 대해 책임을 지는 것은 책임자나 결재권자의 몫이기 때문이다.

다시 한 번 말하지만 부서 직원들이 즐겁게 일할 수 있는 분위기를 조성하여 '천국으로 출근한다'는 느낌을 갖게 하는 것은 부서장의 책임이다.

직장 생활 이야기를 끝내며, 성공적인 직장 생활을 했다고 말하게 해준, 함께 근무했던 동료들과 부하직원들에게 감사를 표하고 싶다.

'함께해서 행복했다'는 마음을 전한다.

결혼이란 무엇인가?

직장에서 꽤 높은 직위까지 올라간 모양인지 가끔 주례 부탁이 들어온다. 부탁이 들어오면 완강하게 거절한다. 수락하는 순간 젊은 부부의 평생을 책임져야 할 것 같은 부담감 때문이다. 그러나 세상일이 마음대로 되지 않듯이 피하지 못하고 할 수밖에 없는 경우가 있다.

생애 처음 하는 주례 원고를 쓰며, 한 달이 넘게 결혼의 의미를 생각했다. 해줄 말을 생각하기 위해 신랑 신부를 불러 결혼 배경과 각기 살아온 환경을 파악한 다음 결혼식장에서 주례를 보았다.

예전에 내가 그랬듯이 신랑 신부는 예식 진행과 모든 시선이 본인들에게 집중되는 부담감 때문에 정신이 없었고, 하객들은 예식 후의 식사에만 관심이 큰 듯했다.

내가 긴 시간 공을 들여 준비한 만큼 예식에 참석한 다수가 귀 기울

일 것으로 생각했는데, 정작 아무도 주례사에 관심이 없었다. 신랑 신부도 그런 것 같았다. 주례사는 그냥 예식 일부분이었을 뿐이다.

그래도 한 달이 넘도록 생각한 '결혼의 의미'는 남아 있어, 되새겨 본다.

주 례 사

"신랑 ○○○ 군과 신부 ○○○ 양이 하나가 되는 이 자리에 함께해 주신 하객 여러분, 특히 두 사람을 이토록 아름답고 멋지게 키워주신 양가 부모님들께 신랑신부를 대신해서 감사드립니다. 신랑신부, 모든 난관을 극복하고, 양가 부모님의 축복 속에 결혼에 이른 것에 대해서도 진심으로 축하드립니다.

처음 신랑 ○○○ 군의 부탁을 받고, 주례를 보려면 최소한 손자는 있어야 한다는 생각에, 저를 주례로 권하진 않았습니다. 그러나 같은 회사에 근무하고 있다는 피할 수 없는 업보 때문에, 부족하지만 이 자리에 섰습니다.

이 자리가 저에게는 결혼의 의미를 생각해보고, 지난 30년 결혼 생활을 성찰해보는 뜻깊은 시간이 되었습니다. 결혼에 대해 한 달이 넘게 장고한 결과는 답이 없다는 것입니다.

그러니 알아서 살아라, 남들도 그렇게 산다, 앞으로 살면서 답을 찾아보라는 말로 간단히 마치고, 하객 여러분의 배고픔을 배려하고 싶지만, 결혼생활에 도움이 될 수 있는 말을 해달라는 신랑 신부의 간곡한 요청이 있어, 제가 경험했던 몇 가지를 말씀드립니다.

'결혼이란 무엇인가?'
답은 없었지만, 한 달이 넘게 죽 머릿속을 맴도는 단어가 있었습니다. '선물'이라는 단어죠.
가수 이선희의 〈인연〉이란 노래 중에, "고달픈 삶의 길에 당신은 선물인 걸"이라는 가사가 있습니다.
결혼을 정의하라면 이렇게 하고 싶습니다. '선물'이라고…
몇 주 전 신랑신부에게 결혼하는 이유를 물었습니다. "누군가가 옆에 있다는 삶의 안정감 때문이 아닐까요?"라고 신부가 대답했습니다. 이 자리에서 같은 의미의 엘뤼아르의 시 한 수를 들려주고 싶습니다. 신랑신부는 고개만 돌려서 서로의 눈을 마주 보세요.
눈을 보면서 들어주세요.

슬픔의 끝에는 언제나
열려 있는 창은 있고
조용히 다가와 옆에 앉는, 깊숙이 사랑에 잠긴 눈
내밀어진 친절한 손
열면 열릴 창
그래서 인생
함께 나눌 수 있는 삶이 있다.

신랑신부, 이 뜻은 '어려움은 곧 지나가리라, 함께라면 살 만하다'라는 의미입니다. 함께 삶을 나눌 사람이 옆에 있다는 그 하나만으로도 정말 큰 선물입니다.

이제 선물은 그만 보고 앞을 보세요. 고개가 아프죠? 너무 오래 바라보면 고개만 아픕니다. 그러니 바라보아 달라고 요구하지 마세요. 바라보게끔 하십시오.

그것은 같이 있어도, 독립된 각자의 공간이 필요하다는 말입니다. 신부, 또 다른 선물은 무엇일까요? 자식입니다. 가능한 한 빨리 가지세요. 본인뿐만 아니라 부모님께도 새로운 삶이 시작되는 큰 선물입니다. 진정한 가족이 되는 거죠.

선물 하나만 더 이야기하죠. 두 분 모두 훌륭한 부모님을 모시고 있다고 들었는데, 가족과 함께했던 기억을 떠올려 보세요. 이것 역시 가슴이 따뜻해지는 선물입니다.

나머지 선물들은 살아가면서 깊게 느껴 보시길 바랍니다.

조금 전 문화와 전통이 다른 집안에서 30년 이상 성장한 두 남녀가 혼인서약을 하고 부부가 되었습니다. 사람들은 이 30년 이상의 차이를 본인 위주로 맞추려고 노력합니다. 사람의 DNA나 본질은 절대 인위적으로 변하지 않습니다. 여기서 다툼이 생기기 시작합니다.

저의 경우 신혼을 거의 힘겨루기하며 다 보낸 것 같습니다. 서로 사랑하기에도 모자란, 그 푸르고 아름다운 젊은 날을 왜 그렇게 보냈는지 모르겠습니다. 그래서 불행했냐고요? 아니요. 힘겨루기를 안 했으면 더욱 행복했을 것이라는 아쉬움을 얘기하는 것입니다.

그 당시는 집안 험담을 들으면 왜 이리 싫은지, 어느 날 한바탕하고 집을 박차고 나갔습니다. 아내 단점을 안주 삼아 한잔하고 늦게 들어와 잠을 잤습니다.

다음 날 아침 창밖을 보니, 밤새 눈이 20cm 정도 쌓여 있었습니다. 제설도구를 들고 차에 가보니 차 앞뒤 유리창이 라면박스로 덮여 있었습니다.

눈발이 날릴 때 원수 같은 서방을 배려해서 아내가 덮어 놓은 것이죠.

가슴이 더워지던 이런 느낌도, 잊어버리고 있다가 주례 준비하면서 생각이 났죠. 함께했던 기억들은, 특히 감동적인 기억은 결혼생활의 전부라고 할 수 있습니다.

"역사의 발전은 기억의 축적이다"라는 말도 있습니다.

성공적인 결혼은 함께했던 아름다운 기억의 축적이라고 저도 말하고 싶습니다. 문제는 남자는 너무 쉽게 잊어버린다는 데 있고, 여자는 서운했던 기억들을 너무 상세하게 기억하고, 다툼이 있을 때마다 주기적으로 되새긴다는 데 있습니다. 이 대목은 신부가 안 들어도 됩니다.

신랑, 여자가 서러울 때가 언제인지 잘 파악하세요.

제 경험으로는 애 가졌을 때, 아플 때, 명절 끝났을 때, 모임에 부부 동반했을 때입니다. 조심하세요. 잘못하면 두고두고 피곤해집니다.

조금 전 되새김 된다는 말 들었죠? 이런 남녀 차이 때문에 감동했던 느낌은 잊어버리거나, 뒷전으로 밀려납니다.

그래서 부부에게 제안합니다.

함께했던 감동의 느낌을 잊지 않게 기록하고 공유하시라고…

저도 다짐해봅니다. 내 옆의 아내가 하찮아질 때, 눈이 온 날 가슴 깊이 느꼈던 배려를 생각하자고…

어느 재벌 총수가 얘기했습니다. 가족만 빼고 모든 것을 다 바꾸라고. 초점을 다르게 생각하면, 가족은 바꿀 수 없다는 말입니다. 이 말은 신랑신부뿐만 아니라 결혼을 허락하신 양가 부모님에게도 해당하는 말입니다. 바꿀 수 없다면, 있는 그대로 인정하고 절대 남과 비교하지 마십시오. 상대에게 많은 것을 바라지 말라는 말입니다.

서로 주고받고 사는 것이 바람직하지만, 모자라면 내가 더 채워주는 배려가 가족이라고 확신합니다.

지금까지 한 말 정리하겠습니다.

- 살면서 어려울 때면 주례가 낭독한 시구를 생각하세요.
- 시작부터 서로 다름을 있는 그대로 인정하며 시작하세요.
- 절대 남들과 비교하지 마세요.
- 그래도 안 되거든, 함께했던 감동의 기억들을 생각하세요.

이상 네 가지를 말씀드렸는데, 너무 적나요? 나머지는 살면서 답을 찾아보시길 바랍니다.

신부, 주례 이름이 "술을 권하진 않습니다" 권하진인 것 아시죠? 이름을 반복해서 묻는 것은 주례가 무슨 말을 했는지 기억해달라는 뜻입니다. 네 가지를 말했었죠.

이보다 더 중요한 것은 '감사하고, 배려하는 마음'이라고 생각합니다. 30년 후에도 서로에게 소중한 선물이 되시기를 간절히 바랍니다.

이제 새 부부가 같은 곳을 바라보며 첫발을 내디뎠습니다. 두 분, 행복한 결혼 생활을 함께 만들어 가세요. 밝은 마음으로 깊게 느끼며, 건강하게, 결혼생활을 마음껏 누리세요.
다시 한 번 두 분의 결혼을 축하드립니다.

하객 여러분,
마지막으로,
신랑 이름은 ○○○이고, 신부 이름은 ○○○이었습니다.
경청해 주셔서 감사합니다.

_2017년 9월 9일, 권하진

나에게 회사 직원을 채용하라면 결혼한 사람을 추천하겠다.

전혀 다른 환경에서 살아온 사람들을 가족으로 인정하는 포용력, 책임감, 희생 그리고 안정감 때문이다. 무엇보다도 본인의 흔적인 2세를 남기는 일은 이 세상에 살다간 사람들의 의무이다.

개인적으로는 국민의 4대 의무에 결혼의 의무를 추가하고 싶다. 요즘은 양육, 생활의 편익, 직장·주거·교육·비용 등의 주변 여건 때문에 개인적인 사생활을 즐기는 독신들이 늘고 있다. 그것은 개인의 취향이 아니라 타인의 희생 위에 무임승차하는 부끄러움이다. 당연시하는 분위기도 문제다. 인구감소 역시 심각한 사회문제이기 때문이다. 여건개선을 위한 국가의 노력도 중요하지만 개개인의 인식변환도 필요하다.

그렇기에 내게 '결혼이란 무엇인가?' 묻는다면 '의무!'라고 답하겠다.

Part 3.

은퇴를
준비하다

인생후반전, 새로운 세상을 열다

준비 없이 갑자기 퇴직한다면, 눈앞이 캄캄해지면서 앞날 생각에 막막해질 수밖에 없다. 본인이 예측하지 못한 퇴직은 가만히 앉아 있다 날벼락 맞는 기분을 준다. '왜 나야?'라는 이유를 생각하고 추측하며 치솟은 분노를 가라앉히는 데 몇 주가 지나간다.

결국은 어쩔 수 없음을 인정하고 체념한다.

차분히 내려앉은 냉정한 마음으로 주위를 돌아보고 나서야 자신이 처한 현실을 깨닫는다. 집에서 자신의 공간이 현역 시절 늘 차지하던 거실 소파밖에 없다는 것을 알게 된다. 식구들은 모두 자기 공간이 있지만 자신만 없다. 저녁때가 되면 모두 자기 공간으로 돌아가지만 본인은 의지할 것이 소파와 TV밖에 없다. 이렇듯 자기 공간이 없는 사람은 식구들에게, 특히 아내에게 스트레스를 준다.

아침에 출근하던 습관은 남았는데 아침에 일어나 갈 곳이 없어 허전하다. 늘 벌어다 주던 월급이 없어져 식구들 대할 때 자존심이 상한다. 용돈 받는 것이 당연한 데도 죄지은 것같이 아내의 눈치를 살핀다. 가장인데도 식구들 눈치를 보고, 소외감이 들며 마치 손님 같은 느낌이 든다.

하는 일이 없다 보니 시간은 많은데, 마땅히 할 것이 없다.

준비 없이 퇴직한 사람의 일반적인 모습이다. 현실이 그렇다 하더라도 대부분의 사람은 현실에 적응하며 자기 살길을 찾아간다.

여기서 중요한 것은 삶의 질이다. 현직에 있을 때 사전 준비가 되어 있어야 현실 적응이 빨라진다. 나의 경우 퇴직 7, 8년 전부터 준비해 왔지만, 완벽하지 못해 이삼 년의 준비가 더 필요했다.

현역 시절 퇴직을 위해 준비했던 사항들을 나열해본다.

- 한문학을 배우기 위해 한자 2, 3급을 공부했고, 대학 중어중문학과를 졸업.
- 국민연금으로는 부족하여 5년 동안 월급의 대부분을 저축(아내가 한 일).
- 아내 동의하에 내가 마음대로 쓸 수 있는 비자금을 만듦.
- 현역 시절 몸담았던 모임을 퇴직 이후까지 연장.
- 퇴직 후 무엇을 할 것인지 대략적인 방향을 정함.

어느 정도 준비는 하고 퇴직했다고 생각했는데 그게 아니었다. 준비해 놓지 않은, 너무 많은 해야 할 것들이 앞에 놓여 있었다. 현역에 있을 때 준비했어야 할 사항을 나열해보면 아래와 같다.

- 본인 관련 자료 축적
- PC 프로그램 학습
- 노트북 타자 연습
- 사진 및 동영상 배우기
- 블로그 만들기
- 매일 책 읽으며 독후감 쓰기
- 한문 관련 대학원 가기

내가 가장 하고 싶은 일은 글쓰기이다. 글쓰기는 살아온 날들을 재정립하고 생각을 구체화할 수 있다. 글을 쓰는 동안은 힘들지만, 세상을 다른 시각으로 세밀하게 보게 되며, 살아가는 의미를 생각하게 된다. 나의 존재감을 가장 깊이 느낄 때가 글을 쓸 때이다.

이렇게 현역에서 준비했어야 할 사항들은 현재 글쓰기보다 선행되었어야 할 사항들이다. 늦었지만 은퇴하고 나서야 하는 중이다. 그러나 하고 싶은 일을 늦게라도 하고 있는 것에 만족한다.

나는 앞으로 내가 해야 할 일이 글쓰기라는 것을 느낀다. 여기에 부수적으로 재능기부 쪽도 생각하고 있다. 작가, 강사, 문화 해설사, 더 나아가서 공부가 되면 중국어 통역사, 동양철학 강사 같은 직업도 해

보고 싶은 일이다.

　퇴직하고 고마웠던 분께 인사를 갔다. 차를 마시며 소파에 앉아 담소를 나누었다.

"그동안 보살펴 주셔서 고맙습니다."

"무슨 말씀을, 퇴직 후 할 일은 생각해 둔 것이 있습니까?"

평소에 생각했던 것들이 많아 이것저것 장황하게 얘기했다.

주의 깊게 듣던 그가 한마디 했다.

"하고 싶은 것이 많네요. 이제는 나이가 들어가기 때문에 나이에 맞게 하고 싶은 것을 배분해야 할 겁니다."

그 순간 머릿속이 멍해졌다. 내가 늙어간다는 것을 생각 못 했구나.

"그러네요. 나이를 고려해야겠네요."

　돌아오자마자 하고 싶은 것들의 우선순위를 바꿨다.

1그룹은 60대로 몸으로 할 수 있는 활동적인 취미를 우선으로 한다.

2그룹은 70대로 몸으로 하는 활동적인 취미보다는 운동량이 적은 취미를 우선으로 한다.

3그룹은 80대 이후로 정적인 취미 위주로 한다.

★ 1그룹

　본인 관련 자료 축적, 프로그램 심화 학습, 노트북 타자 연습, 사진 및 동영상 배우기, 블로그 만들기, 매일 책 읽으며 독후감 쓰기, 책 쓰기,

그림 그리기, 해외 장거리 여행, 지방에서 한 달씩 살아보기, 혼자 여행하기, 등산, 헬스, 골프, 걷기, 수영, 낚시, 당구

★ 2그룹

인문학 관련 대학원 다니기, 책 쓰기, 동양철학 공부하기, 재능 기부하기, 그림 그리기, 블로그 관리, 매일 책 읽으며 독후감 쓰기, 한시 공부하기, 해외 단거리 여행, 국내여행, 골프, 걷기, 수영, 낚시, 당구

★ 3그룹

그림 그리기, 책 쓰기, 블로그 관리, 매일 책 읽으며 독후감 쓰기, 한시 공부하기, 동양철학 공부하기, 걷기, 낚시, 당구

1, 2, 3그룹을 정하여 우선순위를 정했지만 하고 싶은 일이 너무 많아 소용이 없다. 마음 가는 대로 동시에 하다 보니 너무 바쁘다.

퇴직하는 순간 모든 것이 끝나는 줄 알았으나 인생 전반전만 끝난 것이었다. 그 순간 새로운 세상이 열렸다. 인생 후반전이 열린 것이다. 지금은 후반전을 구체화하기 위한 하프타임을 보내고 있다.

그런 나는 지금 매일 아침 설레는 마음으로 눈을 뜬다. 이 또한 그만큼이나마 준비가 되어 있었기 때문이다.

준비하면 은퇴도 행복하다

성공적인 직장 생활은 중요하나 인생의 전부는 아니다. 회사가 그 사람의 인생을 책임져 줄 수는 없다. 그것은 본인이 스스로 판단하고 개척해 가야 할 몫이다.

그래서 직장이란 울타리가 본인을 감싸 줄 때도 그 안에서 '홀로서기 연습'이 필요하다. 이 연습은 은퇴를 앞둔 중장년층뿐만 아니라 삼사십 대 직장인들에게도 해당하는 말이다.

젊었을 때 은퇴에 대해 미리 생각해보는 건 자신의 일생을 미리 관조할 수 있기 때문에 삶을 보는 관점이 달라지게 하고, 미래를 위한 사전 준비를 하게 한다.

은퇴를 위한 준비는 크게 재무적인 부분과 비재무적인 부분으로 나눌 수 있다. 단시간에 준비가 이루어질 수는 없기 때문에 둘 다 사전 준비가 필요하다. 재무적인 준비는 은퇴 후 살아가는 수단이고, 비재무적인 준비는 살아가는 방법이다. 무엇보다도 중요한 것은 마음을 비우고 욕심을 버리는 일이다. 일본의 경우 독거노인의 유품에서 나온 돈이 어마어마한 액수라고 한다. 외롭고 궁핍한 생활을 하면서도 죽음 직전까지 돈을 움켜쥐는 이유는 최후에 의지할 곳은 돈밖에 없다는 강박관념 때문이다.

"수의에는 주머니가 없다"라는 말이 있다. 하늘이 준 물질적인 축복을 마음껏 누리고 마지막에는 빈손으로 세상을 떠나라는 말이다. 미래 걱정에 너무 신경 쓰지 말고 현재의 삶에 충실한 것이 중요하다.

사전 준비도 너무 욕심낼 필요는 없다. 욕심부리지 않고 준비된 만큼에 맞추어 사는 것도 지혜롭다. 행복은 물질이 아니라 가슴에서 나오기 때문이다.

내가 사전 은퇴준비와 은퇴 과정에서 느꼈던 생각을 적어 본다.

★ 노후를 위한 재테크는 중요한 부분이다

그러나 노후생활의 전부는 아니다. 서점에 나와 있는 재테크의 방법론은 거의 유사하다.

1. 본인의 총자산을 파악한다.
2. 노후에 필요한 기본 필요자금과 부채, 자녀 결혼 같은 목돈 지출

사항을 계산한다.

3. 연금, 퇴직금, 임대 소득, 보험, 주식, 펀드, 채권 등 본인 자산의 투자 포트폴리오를 구성하여 안정적인 노후를 준비한다.

보유 자산 중 즉시 현금화하기 어려운 토지 같은 부동산은 미리 현금화가 가능한 자산으로 조정할 필요가 있다. 살다 보면 갑자기 목돈이 필요한 경우가 생기기 마련이다. 대다수 은퇴자 자산은 대부분이 부동산이다. 부동산은 자산을 가지고 있다는 푸근함은 있지만 정작 필요할 때는 역할을 하지 못한다.

은퇴 전 가능한 부채는 정리해야 한다. 은퇴 이후에는 고정수입이 없어 부채가 큰 부담이 되기 때문이다. 저금리 시대에는 기대수익이 없기 때문에 지출하는 부분 중 가장 큰 부분에 대한 욕심을 버리거나 포기하는 게 가장 효과적인 재테크일 수 있다.

또, 지출의 가장 큰 부분은 자녀의 교육비와 결혼자금이다. 사교육비는 지출의 가장 큰 부분이며, 동시에 미래의 가장 큰 지출 예상 부분도 자녀의 결혼이다.

나는 '애들은 자기 밥그릇을 갖고 이 세상에 태어난다'라는 믿음과 '교육은 지식보다는 폭넓은 사고와 자유로움을 기본으로 하는 사람됨이 우선이다'라는 생각에 사교육은 거의 시키지 않았다. 운이 좋아 등록금은 회사에서 부담해 주었다.

그 결과 교육비와 사교육비에 들어갈 부분이 저축으로 이어졌고, 노후생활을 준비하는 기반이 되었다.

미성년자일 때는 어쩔 수 없지만, 성인이 되어서는 본인들이 모든 것에 책임을 져야 한다.

지금도 아르바이트로 숙식을 해결하며, 등록금을 버는 많은 젊은 이가 있다. 희망도 꿈도 모두 포기한 세대라는 말도 있다. 그들의 현실을 이해는 한다. 그러나 그것은 결국 그들이 짊어져야 할 몫이다.

자녀 결혼에 대해서도 자녀와 심도 있는 이야기를 나눌 필요가 있다. 본인의 노후자금을 자녀의 결혼비용으로 투입할 수는 없다. 자녀는 비용을 벌 수 있는 충분한 시간과 능력이 있지만, 노후자금을 투입하는 부모는 그것을 보충할 수 있는 여력이 없다.

그런 부분을 자녀와 사전대화를 통해 서로 인식할 필요가 있다. 어쩔 수 없는 상황을 이해하면, 아르바이트를 하거나 장학금을 받아 스스로 공부하고, 결혼자금도 스스로 마련하게 된다. 충분히 지원해주지 못한다고 미안해할 필요는 없다. 자녀에 대한 지원은 노후를 설계를 마친 다음여력이 있을 때 생각해 볼 문제다.

조금 힘들더라도 노후를 위한 연금이나, 무리한 저축, 본인에게 맞는 재테크 방법을 생각해보자. 중년의 나이가 되면 자녀들도 어느 정도 자라기 때문에 부부 모두 경제활동을 할 수 있는지도 생각해보아야 한다.

★ 자신만의 영역을 만들어야 한다

아내나 자식들은 자기 공간이 있으나, 정작 가장인 나는 집에 나만의 공간이 없다. 지금 글을 쓰는 이 순간조차도 내 영역이 없어, 거실 컴퓨터 책상에서 눈치를 보며 글을 쓰고 있다.

이 부분이 제일 후회되는 부분이다. 현역 때 무리해서 서재나 음악실 같은 나만의 공간을 마련하지 못한 일을 두고두고 후회하고 있다. 좋아하는 그림도 식탁에서 눈치 보며 그리고 있다.

집에서 내 공간은 소파밖에 없다.

★ 본인만을 위해 쓸 돈을 확보해야 한다

현직에 있을 때도 이런 부분을 감안, 노후를 대비하여 준비를 해왔다. 그러나 집안 대소사에 마음이 약해져 어쩔 수 없이 내어놓았다.

이후부터는 독하게 마음먹고 준비를 해왔다. 아내에게도 양해를 구했다. 그 결과 내가 잘한 일 중의 하나가 되었다.

퇴직 이후 사오 년간은 목돈이 들어가기 때문에 사전 준비가 필요하다. 현직에서의 인간관계 유지와 무엇보다도 해외여행 같은 하고 싶었던 일을 마음껏 해볼 수 있는 황금 같은 시기이다. 직장 생활의 구속에서 해방된, 보상의 즐거움을 마음껏 즐길 수 있는 시기이기도 하다.

은퇴 후 자기 주도의 삶을 살기 위해서는 꼭 필요한 게 돈이다. 자기 마음대로 쓸 수 있는 돈이 없어지는 순간 가족이나, 사회생활에서 눈치를 보며 비굴해진다. 나이 들어가면서 더 초라해지고, 돈에 묶여 있는 노예같이 처절한 삶을 살 수밖에 없다.

사람들은 이 돈을 '비자금'이라고 부르기도 한다.

★ 건강관리를 평소에 해야 한다

건강관리의 중요성은 귀에 딱지가 앉도록 들어왔다. 그 중요성도 잘 안다.

건강을 잃으면 아무것도 할 수 없고 가족에게 폐를 끼치기 때문에 건강이 삶의 최우선 순위라는 건 누구나 잘 안다. 그러나 일상에 묻혀 우선순위에서 밀려 버린다.

나도 그랬다. 현직에 있을 때는 긴장 속에 지냈기 때문에 별로 신경을 쓰지 못했다. 건강검진에서도 이상이 없었다.

퇴직 후 일 년이 지났을 때 갑자기 이상이 생기기 시작했다. 혈압이 올라가고 심혈관계 이상이 생겼다.

그래서 평소 건강관리가 중요하다.

- 소식하고 채소를 많이 먹어라.
- 동물성 지방과 소금 섭취를 줄여라.
- 담배와 술은 가능한 한 끊어라.
- 지속적으로 운동을 하며 가능한 한 많이 걸어라.
- 긍정적인 마인드로 스트레스를 줄여라.

건강관리 수칙은 이렇듯 간단하다. 살아온 습관을 바꾸는 것이 문제일 뿐이다.

★ 정리하는 연습도 필요하다

　정리란 필요한 것과 불필요한 것을 구분하여 불필요한 것은 버리는 것이다. 우리는 살면서 너무 많은 것을 가지려고 노력해 왔다. 욕심 때문이다.

　많은 것을 가지려는 욕심을 위해 자기의 생 전부를 쏟아붓기에는 인생이 너무 짧다. 특히 은퇴 시기에 들어서면 버리는 연습이 필요하다.

　살아온 날들도 되돌아보고 정리를 할 필요도 있다. 그중 좋은 방법이 유언장 쓰기다.

　오 년 전 해외여행을 앞두고 유사시 애들에게 남기는 글을 쓴 적이 있었다. 애들에게 당부하고 싶은 말을 쓰고, 사전 의료의향서와 재산목록을 첨부하여 밀봉하였다.

　당부하는 말을 쓰면서 자신이 살아온 생을 되돌아보는 시간을 가졌다. 죽음이란 단어는 사람을 겸손하게 한다. 가져갈 것이 없다는 생각은 욕심을 버리게 만들기 마련이다.

　이렇듯 가끔은 정리하는 연습도 필요하다.

★ 기쁨과 즐거움을 주는 일을 찾아야 한다

　노후대비 재테크는 중요하지만 전부는 아니다. 생활의 기준, 즉 소비를 낮추어 사는 사람도 많으며 사회복지 제도도 강화되고 있기 때문이다. 무엇보다도 중요한 것은 기쁨과 즐거움을 줄 수 있는, 본인에게 맞는 어떤 일을 찾아야 한다는 점이다.

하고 싶었던 것을 한다든가 또는 배우는 기쁨도 있다.

더 큰 성취를 위해 상급 학교에 다니는 사람도 많다. 그림이나 악기를 배우는 사람들도 많다. '배움의 기쁨'만이 아니라 같이 배우는 사람들과 교류하는 즐거움도 있다.

시간에 쫓겨 가지 못했던 여행의 즐거움도 있다.

여행엔 자유여행과 패키지여행이 있다. 자유여행엔 스스로 인터넷을 뒤져 비용을 계산하고 일정을 짜는 즐거움이 있고, 패키지여행엔 일정을 여행 회사에 위탁하는 자유로움과 전혀 다른 삶을 산 일행들과 교류하는 즐거움이 있다. 여행은 내가 살아온 환경과 전혀 다른 역사와 생활환경을 가진 나라를 보고, 비교하고, 느끼는 새로운 배움의 장이다.

마음껏 누리지 못했던 취미활동을 할 수도 있다.

취미를 나열하면 독서, 바둑, 등산, 낚시, 골프, 당구 등 이루 말할 수 없이 많다. 취미는 많을수록 좋다. 삶의 다양한 즐거움을 누릴 수 있기 때문이다. 최근에 은퇴세대는 모임 후에 즐길 거리로 당구 모임을 갖는 추세다. 최근 당구장 주요 고객이 은퇴세대이기 때문에 평일 저녁 6시 이전에는 아주 싼 비용으로 은퇴세대를 유혹하는 당구장도 많고, 증가 추세다.

가족에게 시간을 낼 수도 있다.

직장 생활로 인하여 가족과 함께한 시간이 생각보다 많지 않다. 가장 가까워야 할 가족들과 함께하는 시간이 익숙하지 않아서 가끔은 부담스러울 때가 있다. 가능하면 공통의 취미 등 함께할 수 있는 시간을 많이 만들고, 그것이 익숙한 분위기를 만드는 것이 중요하다.

또 역으로는, 아내도 개인 생활이 있기 마련이니 이를 존중해주는 게 필요하다. 부부간 장시간 함께한 시간이 없었기 때문에 아내는 옆에 남편이 있는 게 부담스러운 부분도 있다. 남편에게 밥 차려 주고 설거지하는 것을 제외하고도 부담스럽다는 말이다.

평일에 도서관에 가보면 은퇴한 사람이 많은 것도 아내의 개인 생활을 배려해주기 위해서가 아닐까 생각한다. 가장 신경 쓰고 연구해야 할 부분이다.

재능기부나 봉사 활동을 할 수도 있다.

인터넷을 찾아보면 재능기부나 봉사활동을 하는 단체들이 있고 또 다양한 활동을 한다. 본인의 경력을 살려 재능기부를 할 수 있고, 지도강사를 할 수 있는 프로그램도 많다. 선택에 따라 할 수 있는 다양한 프로그램이 마련되어 있다. 선택만 하면 된다.

지금은 과거와는 달리 정부기관에서 신중년에 관한 여러 가지 프로젝트를 진행하고 연구한다. 연금공단이나 지자체, 구청, 동사무소 등에서 무료 또는 저렴한 비용으로 개설된 강좌가 많으며, 점점 증가하는 추세다. 관심을 갖고 찾아보면, 본인이 하고 싶은 것이 얼마나 많은지를 알 수가 있다.

우리는 타인의 기대에 부응해 무엇을 해야 할지를 생각하고, 그렇게 살아왔다. 그러나 아무도 내가 생각하듯이 나에게 신경 쓰는 사람은 없다. 주변 눈치 볼 필요가 없다는 얘기다. 오직 내가 원하는 것을 찾고, 그것을 행하는 것이 자아실현이라고 생각한다.

지금 중년으로 직장 생활의 꽃이라고 할 수 있는 위치에 있다 하더라도 자기가 원하는 것이 무엇인지 생각하고 미리 준비해야 한다.

퇴직을 예상하고 준비를 시작하고도 7년이나 더 근무했다.

그사이 어느 정도 여유를 갖고, 내가 하고 싶은 일이 무엇이고 또 무엇을 해야 할지를 찾았다.

나는 7년이라는 '홀로서기 연습'을 할 준비 기간이 있었다.

마침내 퇴직 통보를 받았을 때, 마음의 동요 없이 준비한 멘트를 말할 수 있었다. 퇴직 시에는 회사 직원들에게 감사 메일을 보낼 정도로 안정이 되어 있었다.

지금도 '괜찮은 마무리'였다고 생각한다. 거기에는 그만큼의 준비가 있었기 때문이다.

누구나 자기 밥그릇은 가지고 태어난다

나는 애들을 방목하여 키운 덕에 확실한 은퇴 준비를 할 수 있었다. '방목'의 뜻은 '가축을 놓아 기르다'이고 유의어는 '놓아 기른다'로, 나는 애들을 '놓아 길렀다'.

다른 말로 하자면 아이들을 자유롭게 풀어서 키운 것이고, 어려서는 공부에 부담을 주지 않고 키웠다고 말할 수 있다. 또 다른 말로 하자면 키우는 데 품이 거의 들지 않았다.

나는 교육 하면 바로 회자되는 8학군에 살다가, 지방으로 근무지 이동이 있을 때마다 온 가족이 지방으로 이사를 했다. 남들은 애들 교육 때문에, 8학군으로 오기 위해 애쓰는데 나는 거꾸로 움직였다.

우리나라의 교육열은 정말로 남다르다. 온 가족이 자식 교육을 위해 모든 것을 포기한다.

조기 어학교육뿐 아니라 예체능 학원교육 같은 방과 후 서너 개의 학원 강좌가 아이들을 바쁘게 한다. 남들보다 빨리, 남들보다 많이, 그런 강박의식이 부모들을 재촉한다. 자기 자식은 경쟁에서 살아남아 남들보다 우월하게 살기를 바란다. 누구나 지니는 부모 마음이다.

조기 교육은 예나 지금이나 크게 다르지 않다. 예전에도 어려서 서당에서 천자문 등 한문 공부를 하였고, 중국에서도 그랬다. 중국 송나라의 대학자 주자도 다음과 같은 권학가를 지어서 조기교육의 중요성을 일깨웠다.

少年易老學難成 (소년이로학난성)
一寸光陰不可輕 (일촌광음불가경)
未覺池塘春草夢 (미각지당춘초몽)
階前梧葉已秋聲 (계전오엽이추성)

소년은 늙기 쉽고 학문은 이루기 어려우니
잠깐의 시간이라도 가벼이 해서는 안 된다
못 가의 봄 풀들이 꿈에서 깨기도 전에
섬돌 앞의 오동나무 잎이 가을 소리를 내는구나

대부분의 사람이 '어려서 열심히 공부해라 아니면 공부할 시간 없다'라고 명령조 혹은 잔소리 비슷하게 이야기한다. 옛날 사람들은 공부하라는 얘기도 이렇게 시적으로 풀어서 권할 정도로 여유가 있었던 것 같다.

"못 가의 봄풀들이 꿈에서 깨기도 전에, 섬돌 앞의 오동나무 잎이 가을 소리를 내는구나."

이 시구는 세월의 빠른 흐름을 눈으로 보고 귀로 듣는 것 같이 생생하게 다가오는 느낌이다. 주자 같은 대학자도 본인이 어려서 공부를 게을리 한 후회를 어린 후학들에게 전해주는 듯하다.

조기교육에서 더 나아가 조기유학을 보내는 부모도 주위를 보면 상당히 많다. 아이들이 외동인 경우나, 엄마가 애들 둘을 데리고 외국으로 나가서 보살피는 경우가 대부분이다. 아이들한테 '올인'하는 부모들이다. 이 경우 부모 한쪽이 벌어서 그 대부분을 학비와 체재비에 쏟아붓는다. 중학교 때 조기유학을 한다면 최소한 6년 내지 10년은 걸린다고 봐야 한다. 그렇게 긴 시간 투자한 노력과 비용에 대한 효용을 생각해 볼 때, 득보다는 실이 많을 것 같은 생각은 어쩔 수 없다.

아이들에게 전부 올인해서, 노후 대책을 전혀 준비하지 못하면 아이들에게 책임을 전가할 것인가? 그 외에도 한 가족으로 살지 못하고 떨어져 있으므로 생기는 아이들 인성교육 문제와 부부가 떨어져 살면서 각자 책임져야 할 생활문제들이 있다.

또한 장기간에 걸쳐 각자의 생활에 익숙해진 상태에서 재결합되었을 때의 어색함과 부자유스러움 등으로 고생하는 가족들도 많다. 아이를 위해서라는, 또는 미래를 위한 명분으로, 정작 살면서 중요한 것들을 희생하는 사람들이다.

사람이 영원히 산다면 모르겠지만 단지 100년 사는 한 번밖에 없는 인생에서, 자식을 위해 자기 생활을 포기하고 모든 것을 희생하는 일은 바람직하다고 보기 어렵다. 특히 결과가 안 좋을 때는 더 허무한 일이다.

조기교육에 대해 길게 얘기한 것은 투자의 효용성 면에서 볼 때 방목도 괜찮은 방법 중 하나라는 것을 이야기하고 싶어서이다.

"인간이 이 세상에 태어날 때 자기 밥그릇은 가지고 나온다"는 말이 있다. 내 아이들도 그러하리라고 생각했다. 태어난 이상 즐겁게 살 권리도 있다고 생각했다.

회사에서 지방 발령을 받으면 가족이 이사했고 애들도 전학했다. 전학하고 새로운 환경으로 바뀔 때마다 성적은 떨어졌지만, 애들이라 그런지 잘 적응했다. 여행도 많이 다녔다. 여행할 때는 애들이 학교에 등교하지 않는 자연학습으로 대체하고 같이 다녔다. 학원은 본인이 보내달라고 할 때까지 보내지 않았다.

딸아이는 중3이 되어서 미술을 하겠다고 미술학원에 보내달라고 요청했고, 아들은 아무 생각 없이 고3까지 갔다. 미대로 목표를 잡고 공부해서인지 바닥에서부터 시작해서 성적이 올라가는 것이 눈에 보였다. 결국 원하는 대학, 원하는 전공으로 합격했다. 아들은 고3이 되어서도 학원 보내달라는 이야기가 없었다. 여전히 성적은 바닥권이었다.

고3 여름방학 때 해외 가족여행을 갔다.

아들은 대입준비 때문에 가지 않고 공부하겠노라고 했다. "나흘간 빠진다고 네 성적에 별 영향 없어" 하고 뒷덜미를 잡고 해외여행을 다녀왔다. 애들이 고3이라고 전혀 눈치를 보지 않았다. 결국 아들이 실력이 되지 않아 재수하겠다고 이야기했을 때, 지방대라도 가라고 강요했다.

아들은 영문과를 가고자 했다. 영어는 기본이므로 스페인어과를 가라고 강요했다. 스페인어과에 갔다. 공부하는 모습을 보지 못해서 왜 공부를 하지 않느냐고 물었다. "아빠가 가라는 과에 갔는데 무엇을 또 원하나?"라고 두 눈을 똑바로 쳐다보면서 말했다. 평소 같으면 뒤통수를 때리면서 "아빠가 시키면 시키는 대로 해"라고 말했겠지만, 원망이 섞인 눈을 보고 생각을 바꾸었다. 평생 두고두고, '인생 꼬인 것이 아빠 때문'이라고 욕을 먹을 수 있겠다는 생각에 가슴이 덜컥 내려앉았다.

자식에게도 관여하지 말고 존중해주어야 할 것이 있다는 것을 알았다. 본인 하고 싶은 것을 들어보고, 절충해서 무역학과로 타협했다. 결국은 서울에 있는 대학으로 편입해서 대학을 졸업했다.

방목하였지만 둘 다 원하는 대학에 들어갔고, 졸업하였다. 가족이 함께 살아 애들 인간성도 모나지 않고 착하다. 교육이나 유학비는 그대로 은퇴자금으로 남아 있다. 투자한 비용이나 희생한 것이 거의 없어, 아이들에게 훗날 무언가를 바라는 기대치도 없다. 그런 면에서 볼 때 방목으로 얻은 것이 많다.

아이들의 미래도 크게 걱정하지 않는다.

"인간은 태어날 때, 자기 밥그릇은 가지고 태어난다"는 말을 확신하기 때문이다.

욕망의 끝

    은퇴 연령이 빨라진 것과 백세시대를 감안할 때 길어진 은퇴 후에 대비하여 자신의 재무 상태를 진단하고 문제점을 발견해서 해결할 필요가 있다. 안정된 재무 상태를 기반으로 비재무적인 준비를 포함하는 생애 설계도 할 수가 있다. 생애 설계는 은퇴 후 삶을 결정하는 것으로서, 삶의 의미를 발견하고 실천하는 계획을 말한다.

    나는 그런 면에서 현직에서부터 오랫동안 준비를 해 와서 나름대로 방향을 잡고 있다고 생각을 했다. 그러나 그게 아니었다.

    재무 설계는 수입, 지출, 자산, 부채를 분석하여 투자, 보험, 은퇴, 세금, 부동산, 상속 등의 노후에 필요한 계획을 수립하고 실행하는 데 초점이 맞추어져 있다.

우리나라 중장년층은 전체 보유 자산의 70~80%를 부동산으로 보유하고 있다고 한다. 부동산이 자산의 70~80%인 상태라면 재무 설계는 상당히 불안하다. 부동산의 변수가 너무 크기 때문이다. 부동산 가치 변화는 젖혀두고라도 매도 타이밍을 찾기가 어렵다.

전문가들은 인구감소와 장기 불황 여파로 부동산 투자를 '권하진' 않는다. 은퇴자 대부분이 자산의 70% 이상을 부동산이 차지하는 상황에서 부동산 재무 계획이 중요한데도 초점은 금융투자, 보험 쪽으로 몰려 있다.

전문가들은 은퇴를 앞둔 사람은 부동산 자산을 늘리는 것보다는 보유 부동산을 단계적으로 매각하거나 규모를 줄여나가고, 그 대신 노후자금을 안정적으로 마련할 수 있는 연금자산을 계속 늘려가는 것이 현명하다고 말한다. 그러나 대부분 중장년층은 많이 보아왔고, 익숙해져 있는 월세를 받는 부동산을 노후대책으로 선호한다.

부동산의 은퇴 설계는 정기적으로 임대료나 수익을 얻는 방법이 필요하다.

토지의 경우는 매도가 가능할 때 매도하여 안정성이 있는 연금자산으로 활용하던가, 자녀에게 증여할 수도 있다.

아파트의 경우, 규모를 줄이고 그 차액으로 정기적인 임대료가 발생하는 상가나 원룸 같은 건물에 투자할 수도 있다. 교통이 좋은 곳에 소형 아파트를 구입하여 임대 사업을 하며 정기적인 수입을 창출할 수도 있다. 안정성이 보장된다면, 정기적으로 수익이 나오는 수익형 부동산에 투자할 수도 있다. 국민주택 규모 이하 아파트의 경우 노후자금으로 역모기지를 이용할 수 있다.

부동산 은퇴 설계에서는 가장 중요한 것은 여유 자금으로 하는 것이다. 은퇴 세대는 고정 수입이 없으므로 대출이나 차입으로 투자하였다가 문제가 생기면 치명적이기 때문이다. 수입이 없는 은퇴 생활에 들어서기 전에 가장 먼저 해야 할 일은 이자를 갚아야 하는 차입금을 없애는 일이다.

베이비붐 은퇴세대가 그렇듯 나도 전체 보유 자산의 70~80%가 부동산이다. 부동산 보유엔 자산을 갖고 있다는 안정감이 있다. 시세차액을 기대할 수 있으나, 시세차액은 매도 후에야 실현된다. 결국 정기적인 수익은 없고 세금만 정기적으로 꼬박꼬박 나간다. 현금화를 위해서 매도를 추진하나 매도도 쉽지는 않다. 자녀 결혼이나 그 밖의 다른 이유로 목돈이 필요할 경우 전혀 도움이 되지 않는다. 은퇴설계를 위해서는 안정적이고 정기적인 수입이 중요하다. 비상시를 대비한 환금성도 중요하다.

은퇴를 앞둔 시점에서 보유한 부동산(토지)을 처분하고, 안정적인 연금자산과 수익형 부동산으로 갈아타려고 준비했었다. 매매가 되지 않았다. 그러나 정기적인 수입은 필요하기 때문에 여기저기 수익형 부동산에 대해서 알아보았다. '시행사가 투자자들에게 호텔 객실을 분양하고, 위탁운영사가 호텔 운영을 통해 발생한 수익 일부를 투자자에게 지급한다'는 수익형 호텔에 소액의 여유자금을 투자했다. 일이 년을 지켜본 결과, 문제는 있었지만 은행 이자보다는 배 이상 높은 7% 정도를 유지하였다.

은퇴 후 정기적인 수입을 늘리고 싶은 욕심이 생겼다. 보유했던 땅은 여전히 팔리지 않았다. 다른 수익형 호텔을 알아보았다.

영업 후 2년간 수익 8%를 보장한다는 수익형 호텔에 투자하였다. 60%는 호텔 담보 대출이고, 40%는 개인대출이었다.

호텔 수익이 예상대로 진행되고 문제가 없다고 가정할 때 개략적으로 계산한다면 본인 투자금 없이 4.5% 정도(수익금 8%-은행 금리 3.5%) 수익금이 발생한다는 계산이다.

분양금은 토지 신탁회사에서 관리하기 때문에 안전장치도 마련되어 있다고 했다. 수중에 보유 자금이 없어서 전액 은행융자를 받았다. 의사결정 당시에도 무리수라는 생각이 들었다. 그러나 욕심이 더 앞섰다.

사업을 추진할 때는 다양한 변수가 생기게 마련이다. 시행사와 운영사는 자기들의 이익을 위해 독단적으로 의사결정을 했다. 목소리가 큰 일부 투자자를 자기편으로 끌어들였다. 상황이 더욱 악화된 것은, 악의를 갖고 총 객실 수의 40%를 다른 사람 명의를 빌려 구입한 부동산업자가 분양금을 내지 않고 권리를 유지하기 위해 이자만 내는 바람에 호텔 공사 준공이 늦어지며 자금난에 시달린 것이다.

자금력이 없는 시행사는 여기저기 좋지 않은 조건으로 차입하여 호텔을 준공하고, 자금난 때문에 부대시설을 완비하지 못한 채 영업을 시작했다. 보증한 수입금은 공사 지연으로 지연되었고 영업을 시작해도 지불되지 않았다.

또 다른 문제가 여기서부터 시작되었다. 손실을 보던 투자자들의 이해관계가 이전투구식으로 나타나며 문제 해결을 방해했다. 위기에 처한 공동의 이익을 위해 솔선하여 노력하는 사람들이 있는가 하면, 본인만 살겠다고 그런 사람의 다리를 붙잡고 놓아주지 않는 이기적인 사람들, 강 건너 불구경하듯 하며 시류에 편승하려는 사람들, 방관자들, 여러 종류의 다양한 인간 군상을 보았다. 그런 사람들을 통합해야 하는, 그리고 반대파도 포용하거나 협상해야 하는 정치하는 사람들의 위대함을 느낄 수 있었다.

이기적인 사람들의 공통적인 특징은 악착스럽고 목소리가 크다는 점이다. 심지어는 자기 생각과 다르다고 인허가 기관에 허가를 내주지 말라고 민원을 내는 사람도 있었다. 이 정도로 공동의 이익을 해치는 사람도 있었다. 결국 영업권은 취소되고, 호텔은 문을 닫은 채로 있다.

전국 수익형 호텔 세 곳 중 한 곳에서는 호텔과 소유주 간 소송전이 벌어지고 있는 등 잡음이 끊이지 않는다. 어떤 투자든 수익을 보장하는 상품은 없음에도, 수익형 호텔은 고수익을 보장한다고 광고한다.

더 큰 피해를 막기 위해선 투자자 모집 시 "수익이 변동될 수 있고 원금손실 가능성도 있다"라는 내용을 고시해 투자자가 현명한 판단을 하도록 해야 한다. 특히 수익형 호텔은 고위험 고수익 형태가 많기 때문에 투자위험에 대한 고시를 의무화하는 제도를 마련해야 한다.

투자자들도 현혹되지 말고 상품의 특성을 이해하고 투자하는 습관이 필요하다. 수익형 호텔 투자에는 상당한 위험이 따르고, 투자비 회수도 어렵다. 내 경험을 감안할 때 권하고 싶지 않은 투자방법이다.

2018년 말 기준, 전국에 120개의 수익형 호텔이 운영되고 있고, 영업 개시를 앞둔 수익형 호텔도 수십 개에 이른다고 한다. 평균 객실 수를 200개로 가정할 경우 분양을 앞둔 호텔을 포함하여 약 30,000명의 투자자가 투자하였다고 볼 수 있다.

그중 대부분이 정기적인 수익을 바라고 투자한 은퇴 생활자이다. 현재 운영 중인 수익형 호텔 중 상당수는 분양 초기 약정한 수익금이 제대로 지급되지 못하거나, 운영사가 분양계약자를 배제한 채 호텔을 사유화하여 운영하고 있어, 운영사와 분양계약자 사이에 크고 작은 분쟁이 끊이지 않고 있다고 한다.

나도 그 3만 투자자 중의 한 명이다.

2년 전부터 들어와야 할 수익금은 한 푼도 들어오지 않았다. 은행 이자는 매달 꼬박꼬박 나가고 있다. 따라서 안정적이지 못한 은퇴 생활을 영위하고 있다.

좀 더 나은 은퇴 생활을 위한 투기적인 욕심과 욕망은 절대 금물이다. 문제가 생겼을 때 은퇴세대에서는 회복하기가 불가능하거나 어렵다. 사람들의 이해관계 때문에 의사결정이 어려운 동업이나, 조합 등의 사업에는 발을 들여놓지 않겠다고 다짐한다. 어설픈 경험은 사람을 외골수로 만든다. 자신이 경험한 것이 전부라고 생각한다. 그래서 경험이 때로는 독이 된다.

'욕심과 욕망에 사로잡히면 객관적이고 합리적인 판단을 하기 어려워 실패하는 경우가 많다'는 사실을 직접 겪어보고 나서야 가슴 깊숙이 느꼈다. 의사결정의 책임은 나에게 있다.

'투기적인 욕망에 사로잡혀 사리를 분별하지 못한 죄!'

그 대가로 내 은퇴 생활의 커다란 부분을 내놓아야 한다는 사실, 뼈저리게 느끼고 있다.

은퇴 후의 즐거운 비명

은퇴 후에는 딱히 갈 곳도 없고 즐길 취미도 없기 때문에 그 자유시간이 부담스러워진다고 한다. 어떤 사람은 은퇴 이후 자유롭게 널린 여유시간이 오히려 주체할 수 없는 고통의 시간이라고 말하기도 한다. 그런 의미에서 다양한 취미를 가진 나는 행복한 사람이다.

아침에 일어나면 널린 시간들이 '오늘은 어떻게 보낼까요?' 하며 나의 의사를 묻는다. 일상의 모든 일이 내 의사에 따라 결정된다.

일정표를 보면, 현역 시절과 비슷하게 빽빽하게 채워져 있어, 급한 약속이나 중요한 약속이 뒤로 미뤄지는 경우가 비일비재하다. 심지어는 장기간의 여행 계획도 잡지 못하고 있다.

그 일정표의 대부분은 정기모임, 골프, 등산, 당구, 여행 등으로 채워져 있다. 누구나 살아오면서 맺어진 인간관계가 있기 마련이다. 이들이 다시 만나는 모임의 명분이 취미다. 취미를 함께하는 가운데 자연스럽게 공통의 관심사와 옛날이야기 등을 즐겁게 나누고, 동시대를 사는 데 필요한 정보를 얻는다. 과거의 인간관계를 돈독히 하는 것은 바람직한 일이다. 그 매개체가 취미다.

내가 즐기는 취미의 즐거움에 대해 이야기해 보자. 요사이 당구장에 가면 은퇴세대가 주요 고객이 되어 있다. 실제로 젊은 사람보다는 나이 든 사람들이 대부분이다. 베이비붐세대의 대학 시절 여가생활은 당구였다. 나 역시 그중 하나였다. 수강신청을 할 때는 점심시간 후 한 시간은 당구를 위해서 비워 놓았다.

점심시간에는 삼삼오오 짝을 지어 당구장으로 향했다. 게임 내기를 하며 중간에 짜장면을 시켜 먹으며 당구를 쳤다.

게임의 묘미는 승부다. 어느 한쪽이 일방적일 때는 게임 자체가 성립되지 않는다. 나도 이길 수 있다는 가능성이 있어야 게임이 성립된다. 그래서 모든 게임은 공평한 규칙을 정한다. 실력이 없는 사람은 적은 개수를 치고, 실력 있는 사람은 많은 개수를 쳐서 형평성을 맞춘다. 여러 번 쳐서 게임이 일방적일 때는 개수를 조정하여 형평성을 맞춘다.

게임의 승패엔 세상사가 그러하듯 상식 외에 운이 많이 작용한다. 그래서 사람들은 나도 이길 수 있다는 기대를 품고 게임에 임한다. 모든 게임에는 보상이 따른다. 그 보상은 돈이다. 승자에게 돌아가는 이

익과 피해자에게 부과되는 불이익이 게임의 집중과 긴장을 불러일으킨다. 서로 이기려는 욕심은 게임에 집중하게 하고, 발생하는 여러 가지의 문제를 극복하고 이겼을 때의 기쁨은 스트레스를 날려버린다. 그렇게 당구를 치는 횟수가 늘어 갈수록 당구 실력도 늘어갔다.

하수의 특징은 본인 치는 것에만 급급하며, 힘을 주어 친다는 것이다. 반면에 고수는 다음 일을 예견하여 본인에게 유리한 부분을 생각하고, 상대를 견제하고 힘의 완급을 조절한다. 사람들이 살아가며 겪는 경쟁의 원리도 바로 이런 것이 아닌가 생각한다.

그렇게 대학 생활이 끝나고, 직장 생활을 할 때는 어쩌다 한 번씩 기회가 될 때 당구를 쳤다.

그리고 은퇴를 했다. 갑자기 당구를 치는 횟수가 늘었다. 은퇴세대가 당구를 치는 이유는 여가가 많이 생긴 게 우선이지만, 잊어버린 경쟁의 긴장감을 다시 느껴 보고 싶은 심리도 작용하는 것 같다. 비용도 싸다. 주위 어디에나 당구장은 있다.

은퇴세대의 당구 수요가 늘어감에 따라 당구장 업주들도 한가한 평일에는 게임 비용을 할인해 주는 곳이 많다. 그런 시류에 뒤떨어지지 않기 위해 늦은 나이에 새로 당구를 배우는 사람도 늘고 있다. 적은 비용으로 시간과 장소에 구애받지 않고 가까운 사람과 더불어 게임의 긴장감을 느낄 수 있는 당구의 즐거움은 나의 귀중한 취미 중 하나다.

직장에서 중간관리자 위치에 있었을 때, 업무의 특성상 골프를 배워야겠다는 생각이 들었다.

매일 새벽 출근하기 전 골프연습장에 가서 골프를 배웠다. 6개월이 지났다. 어느 정도 기본기를 익힌 5월 어느 날, 학생들은 티칭 프로를 모시고 골프장에 갔다. 배움이 끝났을 때 하는 책거리와 유사한 행사로 '머리를 얹는다'고 말한다.

티업을 하기 위해 드라이버를 들고 티를 꽂는다. 어드레스를 하고 앞을 보았다. 5월의 푸른 잔디와 파란 하늘이 선명하게 눈에 들어왔다. 드라이버샷을 했다. 공이 제대로 맞아서 공중으로 떴다는 생각에 눈을 들어 하늘을 보았다.

초록의 잔디와 대비되는, 구름 한 점 없는 파란 하늘 위로 날아가는 흰 공이 정지 화면으로 뇌리에 와 박혔다. 그런 감동의 기억은 지금까지 선명하게 머릿속에 남아 있다. 그리고 또 한 가지 생각이 들었다. '나도 이제 상류사회에 발을 들여놓았다'라는 우월감 같은 것이었다. 그 당시에는 박세리가 나타나기 전이었다. 골프 인구도 많지 않았다. 골프가 지금과 같이 일반화되지 않아서 상류사회에 있는 사람들이 하는 운동이라고 알려져 있었다.

골프를 시작했던 그 시절에는 골프연습장에서 연습하는 데 많은 시간을 투자했다. 골프 자체가 많은 연습을 필요로 하는 운동이다. 연습으로 스윙 동작을 잡았다고 생각했는데 다음 날이면 새까맣게 동작을 잊어버린다.

볼이 잘 맞는 스윙 자세를 만들어 놓아도 얼마 안 가서 무너져 버린다. 경력이 20년 이상 된 지금도 수시로 바뀐다. 그래서 마음대로 되지 않는 운동이다.

10년 전부터는 연습장에 가지 않는다. 연습하는 시간이 아깝기 때문이다. 골프를 시작하고 5년 후에는 상당한 경지에 올랐다. 거리도 많이 나고 원하는 방향으로 자유자재로 공을 칠 수 있었다. 접대골프를 할 경우에는 같은 번호 볼 두 줄을 준비한 다음, 상대방에게 한 줄을 주고, 상대가 친 방향으로 볼을 치고 같이 걸어가며 유대를 돈독히 한다. 상대가 친 공이 오비나 보이지 않을 경우는 같은 번호 볼을 근처에 눈치채지 못하게 살짝 떨어뜨려 줄 정도로 여유도 있었다.

당시 나의 볼 구질은 직구였고, 방향도 정확했다. 골프장 코스를 따라 공이 휘어져 날아갈 수 있도록 드로우와 페이드를 구사하기 위해 많은 연습을 했다. 그 결과 내가 가장 자신 있었던 직구를 잊어버려, 공을 치면 항상 좌측으로 공이 휘어지는 드로우로 공이 날아간다.

그래서 공을 칠 때는 항상 공이 좌측으로 휠 것을 대비해 우측으로 오조준하는 것이 지금까지 습관이 되어버렸다. 자신 있었던 직구를 잊어버린 것이다.

세상사도 마찬가지다. 한 가지를 얻으려면 한 가지는 포기해야 한다. 둘 다 소유하기는 상당히 힘들고 무리가 따른다.

예전에는 골프 스코어에 전념하였지만 요사이는 스코어보다는 예전에 맺었던 인간관계를 골프를 명분으로 다시 이어가는 즐거움, 드라이버샷을 했을 때 파란 하늘을 향해 200m 정도를 날아가는 공을 보는 즐거움, 동료들과 잔디를 같이 걸으며 이야기하는 즐거움, 주변 경관을 보는 즐거움, 장애물을 원하는 대로 극복했을 때의 즐거움, 그늘 집에서 동료들과 막걸리를 마시는 즐거움, 목욕하고 나왔을 때의 개운함 등을 즐긴다.

지금도 현역 시절 맺어진 동료들과 골프 약속이 계속되어, 비용과 시간이 부담으로 남아 있다. 가능하면 약속을 줄이고 싶은 마음이나, 언젠가는 줄겠지 하는 마음으로 그대로 놓아두고 있다. 골프의 즐거움이 이성보다 더 크기 때문이다.

대학 신입생 시절 동아리활동으로 산악부에 지원했다. 초창기 산행은 신입생 기초교육으로, 도봉산과 인수봉을 번갈아 가면서 교육을 했다.

자일 매듭 매는 법, 하강 시 자일을 몸에 감는 법, 60도 이하 바위 슬래브를 발바닥을 바위에 붙이고 손톱으로 바위를 뜯으며 올라가는 법, 가끔은 시간을 정해주고 시간 내에 하산해서 라면 사 오기, 팀 구호를 부르고 답을 하는 구호를 들으며 본대 위치 찾기(당시에는 핸드폰이 없었기 때문에 서로 구호를 부르며 위치를 찾았다) 등 기초교육을 받고, 인수봉 등반을 시작했다.

암벽등반의 핵심 역할은 자일을 매달고 앞서 오르는 선등자(top)와 단단히 박혀있는 확보물에 자신을 확보하고 선등자가 추락할 경우에 대비해 자일이 더 이상 빠져나가지 않도록 확보하는 후등자(anchor) 역할에 있다.

신입생 3명은 선등자가 확보한 자일로 안전성을 확보하고 선등자가 있는 곳까지 코치를 받으며 암벽등반을 계속했다. 인수봉 암벽 중간까지 올라가자, 불안하던 동기생의 얼굴색이 노래진다. 고소공포증이란다. 팀 리더는 정상 정복을 포기하고 하산하기로 결정한다. 하강 도중에 여기저기 추락 사고자의 추모 동판이 보인다.

암벽을 내려와 지면에 도착하자 근처에 비석이 서 있었다. 추락한 남녀 사고자의 영혼결혼식 기념비석이란다. 암벽등반은 즐기기에는 너무 위험한 취미라는 생각이 들었다. 하산하는 내내 동판들과 비석이 눈앞을 어른거렸다. 그리고 결정했다. 결국 고소공포증 동기와 같이 산악부를 탈퇴했다. 암벽등반은 포기했지만 지인들과 기회가 될 때는 등산을 계속해 왔다.

지금도 아침에 집 맞은편 산에 올라가서 근처 아버님 묘소에 들렀다가 내려오곤 한다. 등산 관련 정기모임도 두 개나 있어, 가능하면 참여하려고 노력한다.

비용도 거의 들지 않는다. 산 정상에 땀을 쏟으며 올라갔다 왔다는 성취감과 개운함, 같이한 지인들과 막걸리 한잔하는 즐거움이 있다. 무엇보다도 건강에 좋다.

그럼에도 불구하고 뜸했던 이유는 게으름과 무릎관절이 약해져 있기 때문이다. 근력을 키워가며 점차 참여 횟수를 늘려갈 생각이다.

그 외에 여가활동으로 여행이나 낚시 등 여러 가지 취미들이 있다.

'최고의 친구는 배우자'라는 말이 있다. 그러나 은퇴자들 대부분은 여가시간을 부부가 함께 보내기보다는 각자 보내기 일쑤다. 현역 시절의 생활 패턴이 은퇴 후까지 이어져 남자는 밖에서 여가활동을 하고, 여자는 기존의 패턴대로 집과 그녀들만의 인간관계를 유지하며 지내는 것이다.

부부가 최고의 친구가 되기 위해서는 함께 시간을 보낼 수 있는 취미와 여가활동을 늘려나갈 필요가 있다. 부부동반 모임, 사교댄스, 탁구 동호회, 등산, 산책 등 함께 할 수 있는 여러 형태의 모임들이 주위에는 많다.

은퇴설계에서 여가를 분류하면, 가벼운 여가와 진지한 여가로 나누어진다. 가벼운 여가는 산책, 등산, 문화 활동 등 특별한 훈련이 필요하지 않고, 비교적 단시간의 즐거움을 얻을 수 있는 활동이다.

진지한 여가는 전문가 수준으로 경력을 쌓아가면서 저술, 교육과 사회봉사 등을 하는 경우를 말하며 상당한 노력이 필요하기 때문에 장시간 지속되는 만족감을 얻을 수 있다.

나는 진지한 여가활동을 위해 떨어졌던 중문과 대학원 재도전도 생각하고 있다.

이렇듯 진지한 여가활동은 새로운 세상을 발견하는, 멋진 노후생활을 보내게 한다. 또한 여가활동을 기반으로 많은 사람을 만날 수도 있고, 자아실현의 성취감도 느끼기 때문에 노후생활의 중요한 자산이라고 할 수 있다.

오늘도 많은 시간이 나에게 "오늘은 어떻게 보낼까요?" 하고 묻는다.

앞에는 너무 많은 여가의 즐거움들이 차례를 기다리며 줄 서 있다.

진지한 여가활동은 가벼운 여가활동을 방해한다. 또 일정이 빽빽하게 채워진 가벼운 여가활동은 진지한 여가활동을 방해한다.

어떤 즐거움을 선택해야 할지 고민에 빠진다.

그래서 '즐거운 비명'이란 말의 의미를 알 것 같기도 하다.

Part 4

설레는 마음으로
신중년의
시대를 열며

예상하지 못한 선물

누구나 그렇겠지만, '선물'이라는 단어를 들으면 가슴이 뛴다.

지금 이 순간 글을 쓰는 것도, 모니터를 볼 수 있는 눈을 가진 것도, 지금 책상에 앉아 글을 쓰기 위해 머리를 쥐어짜게 하는 원고 마감도, 두 달을 책상에 앉아있어도 아직 무리가 없는 체력도, 열흘 후 끝나면 느낄 수 있는 성취감과 기쁨도 모두 나에게 주어진 선물 같다.

선물은 마음의 표현이라고 한다. 마음이나 정성은 눈에 보이진 않지만, 만질 수 있는 물건을 통해서 보여주는 것이 선물이다. 누구에게 선물을 주어야겠다고 생각하고 물건을 고르고, 선물을 받을 사람이 기뻐하는 모습을 상상하고 느끼는 기쁨은 일종의 자기만족 또는 치유이다. 또 선물을 받고, 선물의 의미를 생각하는 기쁨은 감사하는 마음이다. 선물의 동의어는 바로 '감사하는 마음'이다.

예전에 내가 생각했던 선물은 물건이었다. 서로 주고받으며 오가는 물건이었다. 신세를 졌을 때 감사의 표시로 주거나, 은혜를 베풀었을 때 당연히 받는다고 생각하는 물건일 뿐이었다. 회사 영업파트에 근무할 때 명절에는 감사의 표시로 거래처에 의무적으로 선물을 보낸다. 선물의 의미도 가격으로 결정된다. 받는 사람이 '신경 좀 썼네' 하고 생각하면 그것은 고가품이다. 그 당시 선물은 고맙다는 성의 표시와 성의를 받아들이는 마음을 의미했다.

그렇게 선물에 대해 큰 감흥이 없었는데, 어느 날 노래를 듣다 선물의 의미를 재정립하게 되었다. 이선희가 부른 〈인연〉이었다. 가수 이선희가 작사, 작곡을 다 하였다고 한다. 작곡도 노랫말도 좋아서 자주 듣는 곡이다. 노랫말 중에, "고달픈 삶의 길에 당신은 선물인걸"이라는 구절이 있다.

"고달픈 삶의 길에 당신은 선물인걸", 이 노랫말에서 사람도 선물이 될 수 있다는 것을 가슴 깊이 깨달았다. 선물이 물건이 아닌 사람이나 추상명사가 될 수도 있다는 것을 깨달은 순간 선물의 의미가 새롭게 다가왔다. 또, '선물을 주고받는 주체가 사람과 사람이 아닌 하늘일 수도 있겠다'라는 생각에 가슴이 뜨거워졌다.

주위를 둘러보았다. 온갖 선물로 채워져 있었다. 지금껏 내가 선물에 둘러싸여 있었다는 것을 몰랐다. 가족, 건강, 내가 사는 집, 주위의 친구들, 내가 사는 나라, 내가 사는 세상 등 선물 아닌 것이 없었다.

이렇게 좋은 세상에 살고 있음에도 불구하고 엉뚱한 것을 찾기 위해 엉뚱한 곳을 헤매고 있었다. 참 바보같이 살았다는 생각이 들며 가슴속 깊은 곳에서 감사의 마음이 우러났다. 이후로는 선물이라는 말을 들으면 가슴이 뛰고 소소한 것에서도 감사의 마음이 들었다.

우리는 항상 옆에 있어 잊고 지내는 것이 많다. SNS에서 떠도는 언더우드의 '기도'라는 글이 이를 잘 대변해 준다.

'걸을 수만 있다면, 더 큰 복은 바라지 않겠습니다.'
누군가는 지금 그렇게 기도를 합니다.
'설 수만 있다면, 더 큰 복은 바라지 않겠습니다.'
누군가는 지금 그렇게 기도를 합니다.
'들을 수만 있다면, 더 큰 복은 바라지 않겠습니다.'
누군가는 지금 그렇게 기도를 합니다.
'말할 수만 있다면, 더 큰 복은 바라지 않겠습니다.'
누군가는 지금 그렇게 기도를 합니다.
'볼 수만 있다면, 더 큰 복은 바라지 않겠습니다.'
누군가는 지금 그렇게 기도를 합니다.
'살 수만 있다면, 더 큰 복은 바라지 않겠습니다.'
누군가는 지금 그렇게 기도를 합니다.

놀랍게도 누군가의 간절한 소원을 나는 다 이루고 살았습니다. 놀랍게도 누군가가 간절히 기다리는 기적이 내게는 날마다 일어나고 있었습니다.

부자가 되지 못해도, 빼어난 외모가 아니어도, 지혜롭지 못해도 내 삶에 날마다 감사하겠습니다.

날마다 누군가의 소원을 이루고, 날마다 기적이 일어나는 나의 하루를, 나의 삶을 사랑하겠습니다.

사랑합니다. 내 삶, 내 인생, 나….

어떻게 해야 행복해지는지 고민하지 않겠습니다. 내가 얼마나 행복한 사람인지 날마다 깨닫겠습니다.

나의 하루는 기적입니다. 나는 행복한 사람입니다. 나는 행복한 사람입니다.

문제는 그런 소소한 일상이 기적이라는 것을 깨달을 때는 대개는 너무 늦었다는 것이다. 감사하지 못하는 사람은 기쁨이 없다. 감사하는 사람만이 행복해질 수 있다.

혼자서 일어날 수 있고, 좋아하는 사람들과 이야기하고, 함께 식사하고, 산책하는 소소한 일상은 하늘이 준 선물이다. 앞의 기도 글에서는 이러한 것들이 기적이라고 하며, 이런 일상에 감사하라고 얘기한다. 이렇듯 일상의 일들을 가슴 깊이 느끼며 살고 싶었다. 이것은 주어진 선물에 대한 감사의 표시다.

가끔은 전혀 예상치 못한 선물을 받을 때가 있다. 그때의 감동과 전

율은 말로 표현할 수 없을 정도로 가슴을 벅차오르게 한다. 러시아 월드컵 16강 독일전에서 그랬다. 당연히 질 거로 생각했는데 2 대 0으로 이겼다. 이 경기 하나가 온 국민을 감동시켰고, 우리나라 국민뿐만이 아니라 멕시코, 브라질 국민까지 감동시켰다.

나도 얼마 전 전혀 예상치 못한 선물을 받았다.

예전에 퇴직은 인생의 주요 역할이 끝나는 것이며, 은퇴 후 생활은 연금을 타고, 여행을 다니며, 편히 쉬면서, 현직 때 생활을 되새김하며, 나이를 먹는 것으로만 생각했다.

그 생각은 완전히 틀렸다. 퇴직은 인생의 전반전만 끝난 것이었다. 그 순간 새로운 세상이 다가왔다.

나만을 위해 살 수 있고, 하고 싶은 것을 할 수 있는 새로운 세상의 시작이 내 앞에 펼쳐지고 있었다. 전반전이 끝나고 인생 후반전이 시작되고 있었다.

이것은 인생 후반전의 첫발을 내디디며, 내가 받은 전혀 예상치 못했던 선물이었다.

지금 나는 예상치 못한 선물의 보자기를 풀고 있다.

기쁨과 즐거움의 차이

퇴직 통보를 받았을 때, 직장이라는 틀 안에서 보낸 30여 년의 세월이 갑자기 사라졌다. 특히 '나'라는 존재를 나타내주고 보호막이 되어주던 울타리가 사라졌다.

모르는 곳에 아무도 없이 혼자 남겨진 느낌이었다. 모든 것을 홀로 생각하고 홀로 몸으로 부딪쳐야 했다.

회사에 근무했을 때는 일 자체가 인생 전부였다. 일을 그만두면 인생을 포기하는 줄 알았다. 모든 것을 잃는 줄 알았다.

하지만 또 다른 새로운 세상이 열렸다. 내가 좋아하는 것, 내가 하고 싶은 것, 내가 잘하는 것을 할 수 있는 열려 있는 세상, 열면 열릴 창, 기쁨과 열정을 가지고 나도 몰랐던 나를 찾는 새로운 시작이었다. 회사를 위한 열정이 아니라, 나 자신을 위한 열정으로 나를 찾고 발전시키는 새로운 시작.

나는 퇴직하고 나서야 비로소 자신에게 부여된 모든 책임과 의무의 굴레에서 벗어날 수 있었다. 가족부양 의무에서도 벗어났다. 완전한 자유인이 되었다. 삶의 우선순위를 회사나 가족에서 나 자신으로 바꾸었다.

애초부터 삶의 우선순위는 '나'였어야 한다는 것을 너무 늦게 깨달았다. '내가 하고 싶은 것은 무엇인가?' 나 스스로가 해답을 찾아야 한다. 이 문제는 아무도 해결해 주지 않는다. 모든 것을 홀로 생각하고 홀로 부딪쳐야 한다.

하고 싶은 일을 하며 느끼는 기쁨은 고요한 연못에 돌을 던졌을 때 서서히 퍼져가는 물결과 같다. 여기에는 항상 가슴 뿌듯함이 있다. 새로운 세상에서 나를 찾아가며 느끼는 기쁨과 동료와 누리는 즐거움의 차이를 공자는 〈論語(논어)〉의 첫 장인 학이편 제1장(學而篇 第1章)에서 이야기했다.

> 子曰 學而時習之 不亦說乎 (자왈 학이시습지 불역열호)
> 有朋自遠方來 不亦樂乎 (유붕자원방래 불역락호)
> 人不知而不慍 不亦君子乎 (인부지이불온 불역군자호)
>
> 공자께서 말씀하셨다. 배우고 때때로 익히면 매우 기쁘지 아니한가?
> 벗이 있어 먼 곳으로부터 찾아왔다면 매우 즐겁지 아니한가?

사람들이 알아주지 않는다 하더라도
성내지 않는다면 또한 군자다운 것이 아니겠는가?

[語義]
說(말씀 설, 기쁠 열, 말할 세) 자가 여기에서는 기쁠 열(悅)과 통하는 자
(字)로 활용된다. 說은 悅(기쁠 열)과 같은 의미다. 說은 마음속으로 기뻐
하는 것이다. 반면, 樂(즐길 락, 풍류, 음악 악, 좋을 요)은 남과 어울려
밖으로 드러나는 즐거움이다.

공자는 '제2의 인생을 어떻게 살아야 할까?'를 2500년 전에 이미 알
려 주었다.

예전엔 기쁨과 즐거움이 같은 뜻인 줄 알았다. 이제는 그 차이를 안
다. 앞으로의 생은 홀로서기의 기쁨이 지금까지 누렸던 즐거움보다 더
클 것이라고 예감한다.

그동안 준비해 왔던 새로운 세상에서 하고 싶은 일들을 생각하면
가슴이 뛴다. 일을 그만두면 모든 것이 끝나는 줄 알았다. 그러나 그
순간 새로운 세상이 열렸다.

그것은 모두 나를 위한 것이었다.

공자가 속삭인다.

'기쁘고, 즐겁게, 남들이 나를 알아주지 않아도 신경 쓰지 말고' 바
람처럼 살아가라고….

새 술은 새 부대에

    퇴직 후 9개월이 지났다. 이제 어느 정도 정리가 되었는데, 정리되지 않는 부분이 있다. 아직 나만의 공간을 마련하지 못했다. 현직에 있을 때 해결하지 못한 부분이 퇴직 후에는 집안에서의 발언권 축소 등 여러 면과 맞물려 점점 더 어려워진다.

    지금 가장 현실적인 방법은 빨리 딸을 시집보내고 그 방에 눌러앉는 것이다. 남자친구는 있는 것 같은데 이른 시일 안에 결혼할 생각은 전혀 없는 것 같다.

    내 공간이 마련되면 방 안에 방음시설을 만들고 앰프를 설치하고 침대 겸용 접이식 소파를 놓을 것이다. 서울 시가지가 보이는 창 앞에 책상을 놓고 그 위에 PC를 설치할 것이다. 은은한 음악을 틀어 놓고 가끔은 서울 시가지를 창밖으로 보며 글을 쓰거나 그림을 그릴 것이다. 이런 소박한 꿈조차 내 의지대로 되지 않고 딸의 의지에 맡겨져 있다.

또 하나 정리되지 않은 것이 있다. 마음은 정리해야 한다고 생각하는데 몸이 따라주지를 않는다. 사람은 살아가는 환경이 변하면, 변한 환경에 맞추어 새로 시작해야 한다. 퇴직 후엔 가장 오래 머무는 공간이 집 안이며, 따라서 우선되어야 할 것이 집안과 가족이다.

집안 식구들은 나름의 역할이 있지만 현역 시절 집을 여관같이 잠만 자는 용도로 사용한 나는 집에서 역할이 없다. 그래서인지 퇴직 후에는 내가 마치 손님이나 이방인같이 느껴져 가족들과 관계가 어색해진다. 상황이 변했기 때문에 집에서 나름대로 역할을 만들고 자연스럽게 적응해야 한다.

선배들 이야기를 들어보면 아내와 상의해서 역할분담을 하는 듯하다. 분담 내용은 청소, 설거지, 더 나아가 세탁기까지 돌리면 금상첨화다. 거기에 요리까지 배워, 날을 정해 식구들 요리까지 해주는 사람도 있다.

아내도 역할분담을 인식하는지 가끔은 청소를 요청하고, 세탁기 돌리는 법, 음식 하는 법을 가르치려 한다. '혼자 있을 때 알아서 차려 먹어라'라는 의미와 본인 아플 때를 대비한 처세 같다는 생각도 든다. 마음은 있는데 몸이 따라주지 않는 것이 이 부분이다. 이 부분은 세월이 약인 것 같다. 70이 넘은 분들을 보면 대부분 아내한테는 잘하는 것 같다. 아마도 그 나이까지 가야 정리가 될 것 같다.

이것만으로 정리가 다 되는 것은 아니다. 30년을 살아도 아내가 이야기하는 의도를 파악하지 못할 때가 많다. '화성에서 온 남자 금성에서 온 여자'같이 남녀의 사고방식에 구조적인 차이가 있는 것 같다. 여자가 한 말의 의도를 알아맞히는 TV 프로그램을 볼 수 있듯이, 남자들은 여자 말의 의도를 이해하지 못한다.

여기서 강조하는 것은 여자들이 말하는 의도를 논리적으로 생각하지 말고, 잘 들어주고, 공감하며 말의 의미를 파악해서 대처하라는 얘기다. 지금까지는 항상 옆에 있었기 때문에 내가 무슨 생각을 하는지 잘 알 것이라고 생각했는데 전혀 그렇지 않다. 항상 같이 있었던 것 같지만, 실제 나눈 얘기는 일상적인 얘기를 제외하고는 거의 없었다. 그래서인지 처음으로 20일 동안 함께한 여행에서 이혼할 뻔했다. 그렇게 오래 같이 있던 경험이 없어 대처를 잘 못 한 것이다. 이제는 대화가 필요한 때이다.

중년이 되어서 남편이 지방 발령이 나자 아내가 표시 나지 않게 만세를 불렀다는 이야기가 있다. 요즘 가장 선호하는 남편은 송해 선생이라는 이야기도 있다. 90 넘어서까지 돈 벌어주고, 자주 지방 출장 가서 집을 비우기 때문이란다. 여자들이 여행을 가면 좋아하는 큰 이유 중의 하나가 밥 안 차려도 되고, 청소, 설거지를 안 해도 되기 때문이란다.

눈치 보지 않고 문화, 레저, 편의시설, 친구 모임, 쇼핑을 자유롭게 즐길 수 있기 때문에 남편이 지방 출장 가거나 집을 비우는 것을 선호

한다. 은퇴 이후 남자는 직장 네트워크 기반이 사라져서 활동 범위가 좁아지고, 모든 것이 생소하여 아내에게 의존하여 따라다닐 수밖에 없다. 예를 들면 딸이나 아들 집에 갈 때도 혼자 가는 것이 쑥스러워 혼자 못 가고 아내가 가야지 따라간다는 것이다.

이런 면을 고려할 때 가끔은 떨어져 살 필요가 있는 것 같다. 각자가 좋아하는 개인적인 취미나 생활이 있다면 그런 생활을 위해 주말 부부처럼 떨어져 살아보는 것도 좋은 방법이다. 항상 옆에 있어 잊고 있었거나, 모르던 상대의 가치를 가끔 떨어져 있으면서 알 수 있다.

시골에 땅이 있으면 조그만 주택을 지어서 혼자 살아 볼 필요도 있다. 혼자 여행하거나, 친구와 여행하는 방법도 생각해보아야 한다. 사실 혼자 사는 연습도 필요하다. 언제까지 아내가 옆에 있어 준다는 보장도 없다. 그런 만큼 홀로서기 연습은 당연하다. 따라서 부부 각자의 독립적인 공간도 필요하다.

또 한 가지 정리되지 않은 것은 건강 부분이다. 오래 사는 것보다도 삶의 질을 높이기 위해서 건강에 신경을 써야 한다. 함께 가야 하는 아내의 건강 상태도 신경을 써야 한다. 한참을 가다 뒤돌아보면 옆에 아내 말고는 아무도 없다는 말도 있다. 가족이라도 자식들이 결혼해서 독립하면 결국 남는 사람은 부부밖에 없다.

요약해서 말하면 퇴직 후 9개월이 지나도록 정리하지 못한 것은 딱 두 가지다.

첫 번째는 현역 시절 준비하지 못해 집에서 자기 공간을 만들지 못했다. 이것은 시간이 필요하고, 시간이 가면 해결될 문제다.

두 번째는 가장 중요한 것으로, 변한 환경에 따라 재정립해야 할 부부관계이다. 부부관계에서 고려해야 할 사항은 집안에서의 역할분담, 공감과 대화, 상대방의 영역인정 등 세 가지다.

이 부분이 가장 중요하면서도 정리하기가 어렵다. 함께 삼십 년을 살면서 굳어지고 이어져 온 관성을 단시간에 멈추고 바꾸기가 쉽지 않다. 마음속으로는 '바꾸어야 한다, 재정립해야 한다'고 계속 생각하지만 몸이 따라 주지를 않는다.

그러나 확실히 알고 있다.

인생 후반전을 시작하며, "새 술은 새 부대에 담아야 한다"는 것을…

여행이란 선물

직장을 그만둔 날부터 여행을 생각했다.

'열심히 일한 당신 떠나라'라는 말을 열심히 실천했다. 그 결과 핸드폰과 PC에 엄청난 사진이 쌓였다. 너무 많아 정리되질 않는다. 사진을 찍으며 피사체에 느꼈던 생각들도 너무 많아서 이제는 기억나지 않는다.

가보지 않고 하는 간접경험과 현지에서 냄새와 바람과 소리, 넓은 시야로 본 모습은 현저히 다르다. 최근에 TV에서는 여행이 트렌드인 것 같다. 채널을 돌릴 때마다 여행 프로그램이 나온다. 홈쇼핑에서는 토요일과 일요일에 여행 상품 판매가 많다. 그런 TV 광고를 보면 선뜻 계약을 하고 가보고 싶은 마음에 설렌다.

패키지여행, 자유여행 가리지 않고 나는 마치 허기진 듯이 다녔다. 여행의 의미를 굳이 말하라면 한 발 뒤로 뺀 아웃사이더의 객관적인 입장으로 현실을 본다는 즐거움이다. 마치 영화 보는 것과 비슷하다. 관객이 되어 그 나라의 역사와 문화, 그 흔적들을 보는 느낌이다. 영화와 다른 점은 필름으로가 아닌 그 현장에서 느낀다는 것이다.

패키지여행은 일정대로 바쁘게 움직인다는 단점이 있지만, 단순하게 시키는 대로 따르면 되는 아주 편한 여행이다. 흐름에 몸만 맡기면 물 흐르는 대로 흘러가는 편리함이 있다. 30명씩 짜인 패키지 팀도 처음엔 서먹서먹하지만 함께 지내며 시간이 흐르면 가까워지고, 헤어질 때는 끈끈한 정도 생긴다. 마음만 먹으면 이동시간에 여행기를 쓸 수 있을 만큼 충분한 시간도 난다. 패키지는 이래저래 나이 든 사람한테 아주 편리한 여행법이다.

자유여행은 원하는 도시에 비행기 편과 이동 편, 숙박만 예약하면 나머지는 알아서 조정할 수 있고, 현지에서도 상황에 따라 스케줄을 바꿀 수 있어 아주 편리하다. 사전에 프로그램을 계획하고, 예약해야 하는 수고로움과 번잡함이 있긴 하지만 계획과 실제의 다름에 따른 임기응변이나 거기서 발생하는 생각지도 않은 에피소드가 있어 좋다.

또 하나는 유경험자나, 여행 경험이 많은 사람의 계획에 따라가는 방법도 있다. 계획을 짜야 한다는 자유여행의 단점과 일정대로 움직여야 한다는 패키지여행의 단점을 보완하는 좋은 방법이다.

'여행이란 무엇인가?'
스스로 질문해 본다.

내가 나이 먹으면서 좋아하는 단어가 있다.

'선물'이다.

여행은 내 삶의 '또 다른 선물'이라고 정의하고 싶다.

고교 시절 〈알함브라 궁전의 추억〉이라는 기타 곡을 들었다. 트레몰로 주법의 선율은 궁전의 신비로움과 애절함을 느끼게 해주었다. 그렇게 감미로운 선율을 만들도록 감동을 준 궁전은 어떻게 생겼는지 궁금했다. 대학에서 조경학 시간에 알함브라 궁전 이야기가 나왔다. '조경학에서 알함브라 정원은 정원 양식에서 빠질 수 없는 이슬람 문화의 결정체로서 중요한 양식'이라며 보여주는 슬라이드에서 본 알함브라 정원은 상당히 거대하고 환상적이었다.

사십 년이 지난 후 스페인 그라나다에 가서 알함브라 궁전을 직접 두 눈으로 보았다.

뭉클한 느낌이 가슴 깊은 곳에서 올라왔다. 벤치에 앉아 핸드폰으로 〈알함브라 궁전의 추억〉을 들으며 바라본 정원은 감격 그 자체였다. 규모는 생각보다 작았다. 그러나 아름다웠다.

마추픽추는 세계 7대 불가사의 중의 하나다. 음악인들의 여행 프로그램에서 페루의 마추픽추 영상을 보았다. 안개 때문에 몇 번을 다시 올랐다는 마추픽추에 안개가 걷히자 안개 사이로 보이는 풍경에 벌어진 입과 감동의 눈물을 보았다.

젊은 시절 외국 그룹사운드의 〈마추픽추〉라는 제목의 노래에 열광

했었다. 사이먼과 가펑클이 번안한 〈엘 콘도르 파사(철새는 날아가고)〉라는 노래의 본고장은 페루이다.

역시 사십 년 후 잉카문명의 최후의 요새이자 태양의 도시, 공중도시, 잃어버린 도시로 소문난 마추픽추에 와 있었다.

해발 2,400m 바위 산꼭대기에 남아 있는 공중도시 마추픽추에서, 안갯속에서 드러난 안데스산맥과 만 명이 살았다는 유적을 보며, 스페인에 의해 몰락한 잉카제국의 슬픈 역사를 생각했다.

안개 사이로 흘러가며 보이던 전경이 안개가 완전히 걷히면서 유적과 주위 전경을 드러냈다. 그 모습을 보며 '내 인생의 선물'이라는 문장을 떠올릴 수밖에 없었다.

쿠스코로 돌아가는 버스 안에서 원주민 악기로 연주하는 〈철새는 날아가고〉가 흘러나오고 있었다. 쿠스코에서는 돌아본 유적마다 스페인에 무너져 버린 잉카 인디오들의 처절한 살점이 묻어 있는 것 같아 슬펐다.

젊은 시절 밤을 새워서 읽었던 톨스토이의 〈안나 카레니나〉와 〈전쟁과 평화〉의 배경이 되었던 도시, 도스토옙스키가 16년 동안 살았던, 〈죄와 벌〉의 배경이 되는 도시가 상트페테르부르크이다. 볼셰비키 혁명의 주역 레닌과 트로츠키가 일으킨 혁명의 도시, 마지막 러시아 황제를 농락한 승려 라스푸틴이 살해되어 버려진 도시 역시 상트페테르부르크이다. 이곳은 도시를 관통하는 네바 강과 거미줄 같은 운하로 유명하다.

사십 년 후 거짓말같이 상트페테르부르크에 와 있었다.

원래는 북유럽 여행을 계획했었는데 일부러 러시아를 보기 위해 여행 기간도 길고 가격도 비싼 여행상품을 선택했다. 여름궁전, 피의사원, 네바 강, 운하, 성당들을 둘러보며 사십 년 전 러시아 소설에서 읽었던 웅장한 대륙의 스케일을 보았고, 감동을 느꼈다.

에르미타주 박물관에서 돌아온 탕자를 보기 위해 비행 내내 〈돌아온 탕자〉라는 책을 읽었다. 책의 저자는 렘브란트의 〈돌아온 탕자〉라는 그림으로 책 한 권을 쓴 사람이다.

그림은 작은아들이 아버지 무릎에 얼굴을 묻고 흐느끼는 뒷모습을 그렸다. 아들은 고생해서 머리카락은 빠지고 옷은 해어졌으며 한쪽 신발도 벗어지는 등 만신창이가 된 모습으로 묘사되었다. 탕자를 바라보는 아버지의 모습과 그 주변 사람들의 표정이 인상적이었다.

젊은 시절 감동으로 다가와 가슴속에 각인되어 있던 것들.

〈알함브라 궁전의 추억〉이라는 기타 곡 선율의 신비로움과 애절함.

밤새워 읽은 톨스토이의 〈안나 카레니나〉와 〈전쟁과 평화〉, 도스토옙스키의 〈죄와 벌〉의 배경이 되는 도시 상트페테르부르크.

가슴을 울리던 〈엘 콘도르 파사(철새는 날아가고)〉라는 노래의 본고장 페루.

40년 후에 직접 가서 보고, 느낄 것이라고는 전혀 상상하지 못했다.

꿈이라도 꾸었으면 '꿈은 이루어진다'고 말했겠지만, 그 꿈도 꾸지 못했던 일이 나에게 생겼다.

　이것은 '선물이다'라고 말하지 않을 수 없다.

　'여행이란 무엇인가?'라고 내게 다시 묻는다면,
　'선물'이라고 즉시 같은 답을 할 수 있다.

살다 간 흔적은 어디에

"꿈은 이루어진다"는 말이 있다.

항상 생각하고 있으면 기회가 다가왔을 때, 그것이 기회라는 것을 알 수 있다. 그 순간을 알고, 잡을 수 있기 때문에 꿈은 이루어질 수밖에 없다. 생각하고 있지 않으면 기회가 다가왔을 때 알 수도 없고, 기회인지도 모르는 상태에서 지나가 버린다. 비슷한 일화가 있다.

그리스의 '사라쿠샤'라는 도시에 이상하게 생긴 동상이 서 있다.

이 동상은 날개가 발에 달렸으며, 앞쪽에만 머리카락이 늘어져 있고 뒤는 대머리이다.

동상 밑에는 다음과 같은 글이 쓰여 있다고 한다.

"누가 그대를 만들었는가?"

"뤼지푸스가 날 만들었다."

"그대의 이름은 무엇인가?"

"내 이름은 '기회'이다."

"왜 발에 날개가 달렸는가?"

"땅 위를 발 빠르게 날아갈 수 있으려고."

"어째서 앞에 머리가 달렸는가?"

"내가 오는 것을 보면 누구든지 붙잡을 수 있도록 하기 위해서."

"그러면 뒷머리는 어째서 대머리인가?"

"돌아서고 나면 나를 붙잡을 수 없게 하려고."

　이 글과 같이 기회는 너무 빨라, 준비된 사람만이 누리는 특권이라고도 볼 수 있다. 퇴직 후 바로 그림을 배우기 시작해서 지금까지 해 오며, 여행도 하고, 운동도 하며, 바쁘게 지내왔지만 뭔가 허전한 것이 있었다.

　그 허전한 이유가 딱 무엇이라고 규정짓지 못했지만, 살아온 날들의 자료 축적이 되어 있지 않다는 것도 한몫하는 듯했다. 그 자료의 부재가 뼈저리게 느껴졌다. 자료 준비를 위해서 에버노트를 배우고, 클라우드 등 핸드폰과 연계된 저장방법과 늦은 타자 속도를 대체할 음성 입력 기능을 배우고 있었다. 에버노트를 이용하여 여행기도 썼다. 그러던 중 작가 탄생 프로젝트에 대해서 들었다. 기회라는 생각이 들었다. 지원했다. 그리고 지금 책을 쓰고 있다.

경기도에서 운영하는 [북부 경기문화 창조허브] '멋있당' 네트워킹 프로그램의 일환으로 〈나'라는 브랜드 찾기(작가 탄생 프로젝트)〉에 참여했다. 기간은 2018년 8월 1일부터 9월 19일까지 총 8차에 걸쳐서 매주 수요일마다 강의를 들으며 9월 19일까지 책 한 권을 쓰는 프로그램이다. 강의 내용은 30여 명의 프로젝트 참여자들이 50일이라는 짧은 기간 동안 책을 쓰도록 하는, 전문작가들의 글쓰기 강의가 대부분이었다.

1주차 오리엔테이션의 강의 주제는 '행복 소통카드와 진로설계에 대한 이해'였다. 강의 후 개개인의 소개와 소감 발표 시간이 있었다. 특히 인상 깊었던 점은 서로 다른 분야에서 일했던 사람들이 같은 목적을 갖고 한자리에 모였다는 것이었다. 개개인이 일했던 그 다른 분야가 상당히 관심이 가는 부분이었다.

2주차에는 '노후준비는 콘텐츠이다'라는 제목으로 강의 주제는 '어떻게 쓸 것인가? 제목과 주제발표'였다. 1주차에 자기소개를 반밖에 못 했기 때문에 나머지 자기소개 시간을 가졌다. 역시 가장 관심 가는 부분은 자기소개였다.

3주차에는 '백세시대 일상을 다지는 기술'이라는 제목으로 강의 주제는 '브랜딩과 글쓰기'였다.

4주차는 '필력 업그레이드 기술'이라는 제목으로 '작가 탄생 프로젝트 사례 특강'이 있었다. 선배 기수 작가 두 분과 전문작가를 초빙하여 글쓰기 특강을 하였다.

5주차는 '여행과 글쓰기'라는 제목으로 작가 탄생 프로젝트 사례 특강이 있었다. 여행을 주로 하였던 여행 작가를 초빙하여 '여행과 글쓰기'에 대한 특강을 하였다.

6주차에는 야외수업으로 5주차 전문 여행 작가와 동반하여 '3시간 산행'을 하였다. 산 코스는 북한산 둘레길 코스 중 명상의 길을 걸었다. 식사와 차를 마시며 나눈 글쓰기에 대한 이야기는 인상 깊었다.

7주차에는 '책 쓰기와 커뮤니티'라는 제목으로 강의 주제는 '글쓰기로 노후준비와 책 만들기, 일주일 만에 책 쓰기 특강'이었다.

8주차에는 쫑파티로 '책 쓰기 소회 발표 및 네트워크 시간'으로 계획되어 있었다.

나는 필수적인 일을 제외한 나머지는 글쓰기에 매달렸다. 책을 쓰기 위해 축적된 자료가 없어, 오로지 경험과 기억을 끄집어내며 글을 썼다. 어떤 때는 하루 반나절을 아무것도 하는 일 없이 허송세월하며, 가뜩이나 모자라는 시간을 낭비하였다.

한번 시작하면 끝을 봐야 하는 성격 탓에 글쓰기에 전념하다 보니, 포기해야 할 것이 많이 생겼다. 매일 하던 두 시간의 아침 운동을 포기해야 했고, 가능한 약속도 줄였다.

나는 하루에 쓸 목표량을 정했다. 의도된 제목의 꼭지를 쓰기 위해 인터넷을 검색하며 자료를 수집하는 데 시간을 더 많이 소비했다. 노트북에 쓴 글을 바라보며, 이어서 무엇을 쓸 줄 몰라 멍하니 있는 시간이 길어졌다.

이렇게 글 쓰는 시간보다 대기시간이 길어지는 것이 시간 아까워 조바심이 났다. 글을 쓰기 위해 포기했던 일상의 습관들이 그리워졌다.

그리고 결심했다. '앞으로는 글을 쓰기 위해 그 어떤 것도 포기하지 말자'고. 그렇게 해야 글이 즐겁게 써질 것 같았다. 또, 그 긴 대기시간을 운동이나 일상의 일을 하며, 관심을 글쓰기가 아닌 다른 데로 돌려야 머리를 식힐 수가 있고, 글쓰기의 두려움과 괴로움에서 어느 정도 벗어날 수가 있다고 생각했다.

글이 써지지 않는 동안에 느끼는 두려움과 괴로움은 글이 순조롭게 써질 때의 기쁨과 즐거움을 배가시킨다. 한 꼭지 글을 완성하고 읽어볼 때, 그 성취감은 어떤 어려움을 극복하고 목표를 달성하였을 때 느끼는 성취감과 비슷하다. 글을 쓰면서 자료 수집을 위해 인터넷으로 검색하는 과정은 책상에 앉아서 세상이 어떻게 돌아가고, 세상 사람들이 무엇을 생각하는지를 알 수 있는 시간이다. 세상을 보는 시야가 확장되고, 세상 한가운데 살아 있는 느낌이 든다.

머릿속에 있는 생각을 글로 활자화하는 순간 과거의 경험과 기억들이 의미를 갖고 구체화되어 제자리를 찾는다. 평소에 무심코 흘려보냈던 일상적인 일까지도 세심하고 다양한 각도로 관찰하게 되며, 글로 쓰게 될 때는 또 다른 의미가 되어 다가온다. 글쓰기는 삶을 재정립하고 성찰하는 도구이다.

글쓰기의 두려움과 괴로움은 살아가는 의미를 한 번 더 생각하게 하고, 그 고통이 지났을 때 삶의 즐거움과 기쁨 그리고 성취감을 느끼게 한다.

지금 글을 쓰면서 느끼는 가장 큰 두려움의 대상은 이 글을 읽을 독자이다. 내 모든 것이 발가벗겨지니, 혼잡한 길거리에 내동댕이쳐진 것 같은 생각에 부끄러움이 온몸을 감싼다. 더욱이 내가 쓴 글을 동시대 사람뿐만 아니라 후세 사람들까지 읽는다고 생각하면 두렵다.

사람들은 말한다. 글쓰기는 '독자와의 가상적인 대화'라고. 그러므로 소통의 의미와 즐거움이 있다. 반대로 생각하면 독서의 즐거움과 비슷한 느낌이지만, 여기에는 차이가 있다.

글쓰기는 내가 생각하고 쓰고 싶은 의도대로 쓰지만, 독서는 글을 쓴 작가의 생각을 다 읽어야 한다. 독자는 그중 본인과 공감 가는 것만 추려서 취하기만 하면 된다. 자신의 경험과 느낌에 따라 선택할 수 있다는 말이다. 그러니 독자 입장에서 생각하면 두려움과 부끄러움이 그렇게 중요한 것은 아니라는 생각이 든다.

주위 사람들이 나에게 관심을 갖고 쳐다보는 것 같은 생각에 조심하지만, 실제 나에게 관심이 있는 사람들은 거의 없다.

그러니 주위 눈치 보지 말고 하고 싶은 것은 하면서 살자고 생각했다. 글쓰기 역시 독자의 관심보다는 내가 쓰고 싶은 것이 우선이라고 생각했다.

글쓰기가 그림 그리기와 비슷한 점은 완성하고 성취감을 느낀다는 점이다. 차이점은 글 쓰는 과정은 힘들고 고통스러우나, 그림 그리는 과정은 자신을 잊을 정도로 몰입하는 기쁨이 있다는 것이다. 그래서 그림은 취미이고, 글쓰기는 일이다.

그럼에도 불구하고 글을 써야 하는 이유는 성취감은 뒤로 젖혀두더라도 삶을 재정립하고, 내가 살다 간 흔적을 남겨야 하기 때문이다.

맑고 투명하고 깨끗하게

수채화란 '맑고 투명함, 그리고 붓 자국이 서로 겹치면서 표현되는 색깔의 혼합 효과가 아름답고, 물과 물감이 섞이고, 번지고 흘러내림 등을 응용하여 수많은 표현 효과를 내는 것'이라고 정의되어 있다.

맞는 말이다.

수채화는 맑고, 투명하여, 황순원의 〈소나기〉에서 느끼는 어린 소녀의 깨끗한 이미지를 떠오르게 한다.

예전에 유행했던 〈비 오는 날의 수채화〉라는 노래의 노랫말도 그런 느낌이었다. "빗방울 떨어지는 그 거리에 서서, 그대 숨소리 살아있는 듯 느껴지면, 깨끗한 붓 하나를 숨기듯 지니고 나와, 거리에 투명하게 색칠을 하지."

내 인생에도 그런 느낌을 남길 수 있기를 바랐다.

몰입할 수 있는 대상이 있다는 것은 삶의 즐거움을 더한다. 그림도 그중 하나다.

그림이 좋은 이유는 모든 것을 내 마음대로 할 수 있다는 점이다. 상상한 바를 표현할 수도 있고, 마음에 들지 않으면 생략할 수도 있다. 모든 사람이 세상을 이렇게 살 수 있으면 좋겠다.

그림을 그리다 보면, 생각했던 것과는 전혀 다른 새로운 느낌을 주는 작품이 나오기도 한다. 그래서 그림 그리는 맛이 난다. 상식 아닌 반전이 길목마다 숨어 있다가 생각지도 못한 순간에 툭툭 튀어나온다. 이렇듯 의도와는 달리 마음에 드는 색이 나올 때면 기분이 좋다. 마치 색깔들이 자기들끼리 회의를 한 것 같은 느낌이다.

스페인 톨레도 여행 중 찍은 사진을 그림으로 남겨보았다.

★ 스페인 톨레도 다리

　톨레도는 마드리드에서 남쪽으로 70km 떨어져 있는 타호 강에 둘러싸여 있는 도시이자 스페인의 옛 수도로, 스페인의 역사와 문화, 예술 측면에서 매우 중요한 도시다. 기원전 2세기, 로마의 식민도시를 거쳐 8세기 서고트 왕국의 수도가 되었고, 그 후 이슬람 세력의 지배를 받으면서 가톨릭, 유대교, 이슬람교 등 세 종교의 유적지가 공존하는 특별한 도시가 되었다.

　톨레도 다리는 스페인 타호 강에 있는 아치구조의 고딕 양식 다리이다. 13세기에 건설된 다리로서 산마르틴 교구와 가깝다 하여 '산마르틴 다리'로 이름 붙였다고 한다. 더운 날 이삼백 미터 앞으로 가서 찍은 사진을 보고 그렸다. 사진 우측이 톨레도 성안이고 좌측은 외곽도로이다. 성 외곽으로 타호 강이 흘러 톨레도 성의 해자 같은 역할을 한다.

그림을 시작하고 두 달 후에 그린 그림으로 있는 그대로 묘사하다 보니 무엇인가 어색하다. 그림에 강조하는 부분이 없이 밋밋하다. 다리가 주요 포인트인데 눈에 확 들어오지 않는다. 원근표현도 부족해 보인다. 색감도 마음에 들지 않는다. 원경과 다리 좌우측을 채도가 낮은 색을 사용하여 흐릿하게 표현하면 다리가 주요 포인트가 될 수 있을 것 같다.

그림을 그려 갈수록 이전에 그린 그림이 마음에 들지 않는다. 아마도 그림 수준이 높아지고 있는 게 아닐까 하는 기분에 이런 느낌이 싫지만은 않다.

다음은 중국 하이난 골프여행 사진을 그림으로 남겼다.

★ 하이난 클럽 하우스

　따뜻한 남쪽 나라 하이난 골프코스 클럽하우스 전경이다. 첫 티업을 위해 1번 홀에서 바라본 모습으로 비가 올 것같이 잔뜩 찌푸린 구름 사이로 보이는 파란 하늘이 인상 깊었다. 구름 사이에 파란 하늘을 배경으로 건물을 집어넣고 사진을 찍었다. 귀국해서 그 사진을 보고 그린 그림이다.

　사진을 내 스타일로 해석하여 그렸다. 원래 클럽하우스 색깔은 회색인데 구름과 같은 색상이라서 눈에 띄도록 브라운 계열로 바꾸었다. 남쪽 나라 식물들과 야자수가 건물과 조화를 이루도록 하였으나 마음에 들지 않는다. 작가의 해석에 따라 달라지는 그림의 변화를 깊게 느낄 수밖에 없었다.

　다음은 하와이 여행 사진을 그림으로 남겼다.

★ 하와이 섬 야자수

하와이 섬(빅아일랜드)에 릴리우오칼라니 정원(일본풍의 정원)에 있는 야자수 풍경이다. 원본은 야자수 밑에 사람이 손을 잡고 서 있는 앞모습을 찍었는데, 앞모습을 그리기에는 내공이 부족하여, 바다를 보고 있는 뒷모습을 차용해서 그렸다.

살아가면서 눈치 안 보고 내 마음대로 할 수 있는 일이 많지는 않다. 그래서 마음 내키는 대로 그릴 수 있는 그림이 좋다. 왼쪽에 앉아 있는 사람은 내 아내다.

스페인 세비야 여행 사진을 그림으로 남겼다.

★ 스페인 세비야에 스페인 광장

　스페인 광장을 건물이 둘러싸고 있는데 이 그림은 정문 방향 건물의 일부이다. 저녁에 찍은 사진으로 빛이 강렬하고 그에 따른 명암이 뚜렷하여 인상적이었다.

　건물 앞에는 도자기 벽화와 앉아 쉴 곳이 많아 관광객이 많았는데 편의상 다 없애 버렸다. 스케치가 세밀하고, 어려워 많은 시간이 소요되었다. 여행스케치같이 색감 표시만 내려 했는데 지나쳤다. 표현력도 부족하고, 명암 처리에 보완이 필요하다. 시간이 되면 색을 짙게 칠해 강렬한 명암을 표현하고 싶다.

　그림을 시작하고 두 달간은 기존 작가가 해석하고, 그려놓은 작품을 보고 따라 그리는 공부를 하였다. 또, 사진을 찍고, 그 분위기를 머릿속에 넣고, 사진을 보고 그리는 새로운 시도를 해보았다. 그림은 마음에 들지 않았지만, 작가가 그림을 해석하고, 주제를 정하고, 표현하는 과정을 일부 느껴 보았다는 데 만족한다.

그리고 싶은 대상을 그림으로 표현하기 위한 해석은 작가의 몫이다. 작가가 표현하고자 하는 의도, 즉 중점을 둔 포인트, 구도, 색상, 명도, 채도 등을 느끼는 것이 그림을 감상하는 기본이라고 생각한다.

이제 수채화의 걸음마를 시작한 지금, 그리고 싶은 대상을 자신만의 스타일로 해석하고 맑고 투명하고 깨끗하게 그림을 그리고 싶다.

나, 전시회를 연 사람!

노후 인생의 만족도를 높이기 위해서는 크게 세 가지를 고려해야 한다.

첫째로, 자신이 즐거운 일을 해야 한다.

둘째로, 끊임없이 자신을 성장시키는 일을 해야 한다. 발전하고, 성장하려는 욕구는 삶의 질을 높인다.

셋째로, 다른 사람들과 교류할 수 있는 일을 찾아야 한다. 은퇴 이후 삶의 만족도를 결정하는 가장 큰 요인은 바로 사회적인 유대관계이다. 그런 면에서 나는 행복한 사람이라고 할 수 있다.

내가 가장 잘한 일 중 하나는 은퇴하고 나서 우연히 그림을 배우기 시작한 일이다.

전 직장에서 은퇴한 임원들을 위해 사무 공간을 만들어 보조할 수 있는 직원까지 파견하여, 휴게공간 및 여러 용도로 활용하도록 배려를 해주었다.

또, 같은 취미를 가진 사람들이 동호회를 만들도록 지원도 해주었다. 그중 하나가 수채화 동호회였다. 한 주에 한 번씩 강의를 듣고 실습을 하도록 인원을 열 명 이내로 제한했다. 덕분에 가족 같은 분위기가 자연스럽게 형성되었다.

같은 취미를 가진 사람들이 매주 모여서 함께 그림을 그리는 시간은 즐거움 그 자체였다. 그림을 그리러 가는 시간조차 가슴을 뛰게 했다. 회원들이 한 주 동안 그린 그림에 대한 기대와 감상하는 즐거움도 있었다. 또, 회원들에게 보여줄 몇 점의 그림을 그리며 지나가는 한 주는 무척 빨랐다. 몰입할 수 있는 대상이 있으면 삶의 즐거움이 더해지는데, 그림도 그중 하나였다.

같이 수채화를 시작한 동료들은 대기업 사장과 임원을 역임한 분들이다. 개개인의 성격을 보면, 한번 시작하면 끝을 보는 열정이 기본적으로 밑바탕에 있고, 무에서 유를 창조하는 능력을 겸비하였다. 다시 말하면, 그림을 배우지 않은 백지상태에서 출발하여 최단기간에 어느 정도 수준에 다다른 내공을 갖춘 사람들이란 뜻이다.

그림을 시작하고 일 년이 되었을 때 전시회를 하기로 의견을 모았다. 전시일 3개월 전부터 전시회 준비를 위해 그림을 그리기 시작했다. 예전과는 그림을 그리는 마음가짐이 달라졌다. 예전에는 자신을 위해 그림을 그렸는데, 이제는 전시회 관객을 생각하며 그림을 그려야 했다. 그런 스트레스를 받아서인지 그림이 잘되지 않고, 속도도 느렸다.

그림을 가르치던 선생님도 전시회 모드로 돌아섰다. 열심히는 했지만 시간이 많이 모자랐다. 전시공간은 사무실을 있는 그대로 이용하기로 했다. 그나마 다행인 것은 선생님이 전시회 경험이 많아, 사전에 해야 할 일을 일일이 가르쳐 주었다는 사실이다. 중요한 것은 스스로 준비했다. 결국 시간이 충분하지 못해 예전에 그린 것과 전시회를 위해 그린 작품을 섞어서 출품하기로 했다.

그날이 왔다. 회원 개개인의 가까운 사람과 그룹 임직원들로 성황이었다. 수채화 동호회의 위상을 여러 사람에게 확실하게 알렸다. 전문 화가들도 여러 명 와서 의견을 남겼다. 일 년 경력으로는 대단한 솜씨라고 격려의 말도 남겼다.

전시회를 한 뒤 공통적으로 전시회도 일상의 하루일 뿐인데 예식을 치르고 나서, 그림 수준이 한 단계 업그레이드된 것 같다는 의견이었다.

다음은 전시회 팸플릿 인사말이다.

그리고 싶어지던 단풍이 모두 스러지고 찬바람이 붑니다.

뜻깊은 한 해를 되돌아보게 됩니다.

"나도 그릴 수 있을까?"

모두가 두려운 마음으로 그동안 도전해 보고 싶기도 했던 새로운 세계, 수채화를 시작한 지 일 년이 되었습니다.

이제 '어 그림이 되네!' 모두 자신이 생겼습니다. 한 작품 한 작품 완성할 때마다 느끼는 희열이 더욱 열심히 하도록 만드는 것 같습니다. 이 맛을 함께 나누고 한층 발전하는 계기를 만들고자 작품전을 열게 되었습니다. 아직은 인정받을 수준은 아닙니다만 스스로 평가하고, 더욱 정진을 다짐 하고자 합니다. 전 회원의 열정이 담긴 작품을 감상하시고 날카로운 비평 과 함께 아낌없는 격려의 말씀을 부탁드립니다.

– LOTTE E-CLUB 수채화 동호회 회장 김용택

수채화 동호회 첫 번째 작품 전시회 개최를 진심으로 축하합니다. 일 년 전 작은 출발이 이렇게 큰 결실이 되어 작품 전시회까지 하게 되어 기쁘 기 그지없습니다.

특히 매주 실시되는 모임에도 불구하고 높은 출석률과 뜨거운 열정은 지 켜보는 저도 감탄할 정도였습니다. 작품 하나하나에 깃들어 있는 회원님 들의 따뜻한 마음과 열정, 그리고 땀과 노력의 흔적들은 벌써부터 다음 전시회를 기대케 합니다.

이 멋진 전시회를 개최하는 수채화 동호회에 다시 한 번 축하와 아낌없는 박수를 보냅니다. 감사합니다.

– LOTTE E–CLUB 회장 이동호

"그럼 질문을 받도록 하겠습니다. 궁금하신 점 있으면 말씀해 주세요."

이 말을 꺼내고 나서 두 시간 가까이 질의응답을 했습니다. 제가 이곳에 초빙되어 첫 모의 수업 때의 기억입니다.

'처음이니까 그러시겠지'라는 생각은 철저히 저의 착각이었습니다. 그 뒤로도 실습시간보다 질문 시간이 더욱 긴 저희 수업은 매번 관리 직원의 퇴근 시간이 임박할 때까지 진행되었고, 이어지는 식사 자리에서도 그림에 대한 논쟁은 끊이지 않았습니다.

입시반 수업을 방불케 하는 수업 열기와 출석률은 전례가 없을 정도였으며, 그러한 모습들은 직업상 그림에 대한 마음이 무뎌진 저에게 정신이 번쩍 드는 따끔한 회초리가 되기도 했습니다. 취미를 목적으로 한 모임이기에 부담을 드리지 않고자 과제를 내드리지 않았는데, 스스로 과제를 만들어가며 매번 수십 장씩 그림을 그려 오시는, 참 말 안 듣는 학생들을 모시고 수업을 하다 보니 이렇게 전시회까지 하게 되었습니다.

절대적인 평가 기준을 가지고 보면 다소 아쉬운 작품이 있을지 모릅니다.

붓질 한 번에 얼마나 많은 생각과 얼마나 많은 고민을 담아냈는지 잘 아실 겁니다. 그렇게 세상에 나온 68점의 작품을 기쁜 마음으로 감상해 주시기 바라며, 앞으로 더욱 좋은 작품을 하실 수 있도록 많은 응원 부탁드리겠습니다.

더불어 이번 전시회에 참여해주신 모든 회원님과 관람객 여러분, 그리고 여러모로 힘써주신 내외빈들께 진심으로 감사의 마음 전합니다.

– LOTTE E–CLUB 수채화 동아리 강사 안진엽

안내 말씀으로도 수채화 동아리의 성격이 잘 표현된 것 같다. 전시회에 참여한 것만으로도 내 인생에서 탁월한 선택을 했다는 생각이 든다.

이로써 일 년의 긴 여정을 마무리하고, 이를 바탕으로 더욱 업그레이드된 수준을 보여주기 위해 2주년 기념 전시회도 할 예정이다.

○ 수업전경

○ 전시소감

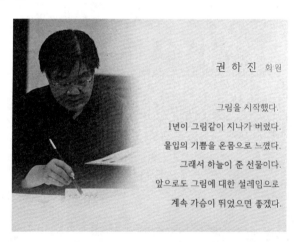

권 하 진 회원

그림을 시작했다.
1년이 그림같이 지나가 버렸다.
몰입의 기쁨을 온몸으로 느꼈다.
그래서 하늘이 준 선물이다.
앞으로도 그림에 대한 설레임으로
계속 가슴이 뛰었으면 좋겠다.

○ 전시회 팸플릿 표지

○ 입구 플래카드

○ 전시실 전경

○ 전시실 내부

이렇게 전시회는 끝이 났다.

일상의 일이지만 전시회라는 예식을 통해서 나의 그림에 대한 수준은 업그레이드되었고 일취월장했다고 자부한다.

살아가면서 예식은 특별한 의미를 부여한다. 이후에는 그 예식을 기반으로 새로운 가치들이 차례차례 정립되리라는 것을 안다. 그래서 예식은 살아가는 데 큰 전환점이 될 수 있는 새로운 출발이다.

나는 전시회를 연 사람이다.

어쨌든 책 쓰기

우연한 기회에 책 쓰기 강의를 수강하고 두 달 만에 원고를 완성했다. 책을 쓰기 위해서는 주제가 있어야 하고, 주제에 관한 자료수집과 조사가 선행되어야 한다. 책을 쓸 당시, 나에게는 책을 쓸 자료로 아무것도 준비된 것이 없었다. 다만 머릿속에 떠오르는 어렴풋한 주제와 경험밖에 없었다. 그런데도 무작정 글을 써서 원고를 완성했다.

아무런 자료도 없이 단기간에 책을 쓰기 위해서는, 우선 본인의 경험을 쓰면서 책 쓰는 방법을 벤치마킹하고, 발생하는 문제는 그때그때 해결하며 무작정 쓰는 것이 핵심이다.

내가 책 쓰기에 도전한 까닭은 스스로 역사와 살아온 흔적을 남기고 싶었기 때문이다. 내가 살아온 흔적에서 과거를 되돌아보고 어떻게 살아야 할지 생각해보고 싶었다. 자료라고는 20대까지 썼다가 중단했던 일기와 제2경인고속도로 대표 시절 맡았던 주례의 주례사밖에는 없었다.

지금까지 우리가 책으로 읽었거나 배워왔던 철학, 사상, 인문, 공학 등 모든 것은 먼저 간 사람들의 흔적이라고 할 수 있다. 나도 후세 사람들을 위해 내 살아온 흔적을 남긴다는 한 차원 높은 성취감을 느껴 보고 싶었다. 그래서 무작정 쓰기 시작했다. 그러면서 몇 가지 문제에 봉착했다.

첫 번째로 봉착한 문제는 타자 속도였다. 독수리 타법으로 치다 보니 속도가 너무 느렸다. 그 대안으로 음성인식이 되는 프로그램 중 내게 적합한 구글 문서를 이용해서 말로 글을 쓰고, 마지막에는 한글 판형으로 변환해서 편집했다.

두 번째 문제는 워드 프로그램을 거의 사용해 보지 않아 서툴렀다는 점이다. 모르는 것은 네이버나 지인에게 물어서 해결했다.

세 번째 문제는 준비되지 않은 주제와 자료 문제였다. 주제는 내가 경험하고 잘 아는 '성공적인 직장 생활과 은퇴 준비'로 정했다. 자료가 준비되지 않은 상황을 극복하기 위해 주제와 연관성이 있는 50개의 경험 리스트를 만들었다. 독서층은 40~50대 후반 직장인이나 은퇴자를 대상으로 정했다.

무작정 책 쓰기에서는 본인 경험을 쓰기 때문에 책의 주제가 모호하면 자서전이 되어버리기 쉽다. 독자 대부분은 과거에서 현재 순으로 편년체로 쓰는 자서전에 식상해한다. '언제 어디서 태어나서 학교에 다니고, 어떤 부모를 만나서 어떤 교육을 받고, 대학에 가서 무엇을 전공하고, 어떻게 연애를 해서 결혼하고, 직장에 다니면서 어려운 부분은 어떻게 해결했으며, 은퇴하고 돌아보니 괜찮은 삶이었다'는 내용일 것이라고 지레짐작하기 때문이다. 같은 내용이라도 흥미를 끄는 주제를 정하고 그 주제에 맞게 글을 쓰고 제목을 정한다면 좋은 책이 되리라고 확신한다. 여기서 흥미를 끄는 주제를 '컨셉'이라고 한다.

제목은 '신중년 내 인생의 선물'이라고 정했다. 제목을 정할 때는 독자의 관심과 흥미를 고려해서 정해야 한다. '신중년인데 왜 내 인생의 선물이지?'라고 독자의 흥미를 불러오고 싶었다.

또 은퇴하고 나서 직장 생활의 책임과 의무에서 벗어나 만나고 싶은 사람만 만나고 하고 싶은 일을 마음대로 하는 자유로움만 남았다. 배우고 싶었던 것을 배우고, 그림도 그리고, 책도 읽으면서 내 인생에서 가장 빛나는 시간을 보낸다. 이것이 신중년의 선물이 아닐까? 하는 생각에서 제목을 '신중년 내 인생의 선물'로 정했다.

책의 구성은 전체 페이지, 글자 크기, 여백 등을 고려해야 하고, 삽화와 사진이 들어가야 할 위치도 생각해야 한다. 책의 순서를 어떤 식으로 배치할 것인가와 소제목의 글자 크기, 여백 등을 어떻게 해야 할지도 고려해야 한다.

나는 목차를 핸드폰에 저장해놓고 수시로 주제를 생각하며 소제목을 수정하였다. 책의 구성은 가까운 책상 앞에 주제와 유사한 책이나 베스트셀러, 참고 서적 30권 정도를 비치해 놓고 내 취향에 맞게 수시로 벤치마킹하였다.

책을 쓸 때 가장 설득력 있는 글은 저자의 경험과 생각이 녹아있는 글이다. 경험은 솔직하게 쓰고, 문장은 단순 명료하게 썼다. 또, 마감 시간을 정하고 그 안에 끝내려고 노력했다. 소제목을 완료할 때까지 책상에 앉아 있겠다는 각오로 글을 썼다.

소제목 한 개 분량은 A4 두세 장 정도로 썼다. 자기 생각만으로는 A4 두세 장을 채우기 어렵다. 설령 채운다 하더라도 설득력이 떨어지며 지루해진다. 그래서 인터넷 서핑을 하며 소주제와 적합한 인용과 스토리를 발굴하는 것이 필요하다.

적절한 인용과 스토리는 내가 쓰고자 하는 의도를 강조하게 한다. 글에 무게감을 실을 수도 있고, 어느 정도 지면을 채우게 하는 장점도 있다. 그렇게 쓰고 싶은 것부터, 쓰기 쉬운 것부터 써서 어느 정도 탄력이 붙었을 때 쓰기 힘든 것을 썼다.

책은 일단 출판되면 수정이 어렵기 때문에 시간을 갖고 교정과 편집 부분도 저자가 세밀하게 검토해야 한다.

나의 경우, 구글 문서에 저장된 파일을 한글 판형으로 변환하는 작업을 할 때, 교정을 보며 최종본을 완성하였다.

1차 퇴고는 문장 수정 및 맞춤법, 띄어쓰기를 위주로 검토했다. 2차 퇴고는 책을 쓴 나보다는 제삼자의 검토가 필요하다는 판단으로, 책 쓰는데 관여하지 않은 아내에게 의뢰했다.

아내에게 의뢰할 때는 편한 면도 있지만 어느 정도의 부작용을 생각해야 한다. 나의 경우 '와이프', '마누라'라는 단어를 전부 아내로 통일할 것, 아내와 관련된 내용은 아내의 의견대로 고칠 것, 그밖에 무수한 잔소리를 감수해야 했다. 그래서 아내에게 퇴고 의뢰를 '권하진' 않는다.

퇴고 시 유의해야 할 사항은 작업 도중 최종본이 지워져서 책을 다시 써야 하는 최악의 경우를 피하도록 파일을 수정 날짜별로 저장하여 정리하는 이력 관리가 필요하다는 점이다.

나는 책을 쓰고 나서 이렇게 달라졌다.

– 나도 책을 쓸 수 있다는 자신감이 생겼다.
– 내가 살아온 흔적을 남겨서 후세 사람들에게 부끄럽지 않다.
– 새로운 분야에 진출할 수 있는 플랫폼이 생겼다. 즉, 책 쓰기, 직장 생활 및 은퇴 관련 강사 진출이 가능해져 재능기부도 할 수 있다.
– 한 분야의 책을 쓴 사람은 전문성을 인정받으므로, 누구나 인정하는 경력이 생겼다.
– 지인들이 나를 보는 시선이 달라졌다. 30년 동안 같이 산 아내는 저

인간에서 저 사람으로 눈높이가 바뀌었고, 별로 대화를 나누지 못했던 자식들은 책 한 권으로 나를 이해했다. 친구들은 나를 작가라고 부른다. 무엇보다 지인들과 수년을 만나야 나눌 수 있는 분량의 대화를 책 한 권으로 해결했다. 그리고 나를 보는 시선이 따뜻해졌다.

책 한 권 쓰는 것으로 세상이 이렇게 달라졌다.
무작정 책 쓰기를 한마디로 요약한다면 '쓰면 써진다'이다.

나이가 들면 누구나 살아온 흔적을 남기고 싶어 한다.
그러나 해보지 않은 두려움에, 하고 싶은 욕망을 억누르는 것이 대부분이다. 나는 우연한 기회에 책을 썼다. 무엇인가를 하고 싶을 때는 우선 첫발을 내딛는 것이 중요하다. 첫발을 내디딘 후에는 그 일이 생각했던 것보다는 쉽다는 것을 알 수 있다.
마지막으로 마틴 루서 킹의 말을 인용한다.

"그저 첫 발걸음을 떼면 됩니다. 계단 전체를 올려다볼 필요도 없습니다. 그저 첫 발걸음만 떼면 됩니다."

반전의 반전, 새옹지마

'새옹지마'를 글자 그대로 해석하면 '변방에 있는 늙은이의 말'이란 뜻이다. 인생의 길흉화복은 변화가 많아서 예측하기가 어렵다는 말이다. 옛날에 노인이 기르던 말이 오랑캐 땅으로 달아나서 노인이 낙심하였는데, 그 후에 달아났던 말이 준마를 한 필 끌고 와서 그 덕분에 훌륭한 말을 얻게 되었다. 그런데 아들이 그 준마를 타다가 떨어져서 다리가 부러졌으므로 노인이 다시 낙심하였는데, 그 때문에 또 아들이 전쟁에 끌려나가지 아니하고 죽음을 면할 수 있었다는 이야기에서 유래한다.

세상을 살다 보면 여기저기 반전이 준비되어 있다는 뜻이다.

일년 여 전부터 시작된 은퇴 생활은 여유롭고 한가할 줄 알았다. 그해 5월에는 금연을 했고 살이 찔 것을 대비해 체중관리를 하고 있었다. 8월에는 우연히 책 쓰기 강좌를 들었다. 한 달 동안 집에서 새벽부터 밤늦게까지 책을 썼다. 그리고 10월에 책을 전자출판했다.

그런데 우연도 아주 이상한 우연이었다. 경기도에서 주관하는 작가 탄생 프로젝트를 진행하는데 시행사를 모집했고 딸이 다니는 회사가 낙찰되었다. 시행사의 업무는 그 프로젝트를 기획하고, 수강생을 모집하고, 책을 쓰는 프로그램을 만들어 진행하고 책을 출판하는 것이었다. 그 프로젝트의 담당자가 딸이었다.

어느 날 딸에게서 수강생이 부족하니 등록해달라는 요청이 왔다. 친구를 데리고 머릿수를 채우러 갔다.

머릿수를 채우러 갔다가 책을 쓰게 된 아주 이상한 우연이었다. 그러나 오래전부터 글을 쓰고자 하는 욕망이 있었기 때문에 수강하고 책도 쓸 수 있었다.

그때 강의를 같이 수강하고 전자출판을 한 팀원들이 올해 초에 모집하는 노원 50 플러스 강좌에 책 쓰기 강의를 응모해 보자는 제안이 있어 강의 준비를 하였다.

이제 내 경력사항에 '저서— 신중년 내 인생의 선물'이라는 새로운 경력이 추가되었다. 그 파괴력은 대단했다. '저서'라는 경력은 어디에서나 프리패스 같은 역할을 했다.

누구나 그 분야의 전문성을 인정했다. 서울시 산하 노원 50 플러스 센터 강사 선정에도 결정적인 역할을 했고, 또 그 자리에서 하는 강의의 주제가 되었다.

누구나 책을 쓸 수 있다는 '무작정 책 쓰기'라는 주제로 강의안을 준비했다. 유튜브로 파워포인트를 배우고, 동영상 편집을 배워서 강의안을 만들었다. 교안을 만들고, 연습하며 그렇게 4개월이 흘렀다.

5월에는 강의를 했다.

처음엔 한가한 여가생활을 생각했었는데, 우연히 강좌를 듣고 책을 쓰고 예전에는 전혀 생각하지도 못했던 강사가 되어 있었다.

'우연'이 반전이 되고 그 반전을 기반으로 또 다른 반전이 나타났다. 그 반전들의 가장 큰 기반은 책을 출판한 것과 좋은 사람들과의 만남이었다.

예전에는 이렇게 생각했다.

책을 쓰려면 그 분야를 공부해서 전문적인 지식이 있어야 하고, 무엇을 쓸 것인가 주제를 계획해야 하며, 장시간에 걸쳐 방대한 양의 자료를 수집하고 조사해야만 쓸 수 있다고.

그래서 나하고는 전혀 상관없는 전문가의 영역이라고 생각했다. 그러나 책을 쓰고 나서는 생각이 달라졌다.

책 출판을 산 정상이라고 가정하면 정상으로 가는 방법은 한 가지만 있는 것이 아니다. 차근차근 단계를 밟아 가는 길이 있고, 시간이 있으면 우회하여 쉬운 길로 천천히 돌아갈 수도 있고, 지름길도 있고, 운 좋게 케이블카가 있으면 케이블카를 타고 갈 수도 있다.

한 가지 확실한 사실은 어떤 방법이든 산 정상에 직접 올라가야 그 느낌을 경험할 수 있다는 것이다.

사진이나 동영상으로 본 것과 직접 눈으로 본 것의 차이, 간접경험으로 안 것과 직접 경험해 본 것과의 차이는 엄청나다. 가보지 않은 사람이 산 정상에 쉽게 가는 방법은, 먼저 간 사람을 벤치마킹하는 방법이다.

쓰고는 싶은데 본인과는 관계없는 전문가의 영역이라고 생각하고 망설이는 많은 사람에게 얼떨결에 케이블카를 타고 산 정상에 간 내 경험을 공유하고 싶어 강의를 택했다.

생애 첫 2시간짜리 강의에서 수강생들을 보면서 느낀 소감은 나나 수강생 모두 상당히 의미 있는 시간으로 다가왔다는 점이다. 마치 어떤 우주의 섭리 같았다. 평생 다른 환경에서 다른 직업을 갖고 다른 삶을 살아온 사람들이 같은 시간에, 같은 장소에, 같은 목적을 갖고 모여 있다는 사실이 상당히 놀라웠다.

그 같은 목적은 책 쓰기였다.

거의 넉 달에 걸쳐 강의를 준비하며, 전혀 해보지 않은 프로그램들을 새로 배우며 강의안을 만들며 많은 시간과 에너지를 소모했다. 한 가지 일에 몰두할 때면 그 일이 끝날 때까지 다른 일은 못 하는 것이 나의 단점이다. 좋아하는 그림과 취미생활을 할 수도 없었고, 은퇴 후 그리던 여가생활과는 동떨어진 강행군이었다. 올해의 목표로 삼은 체중 감량을 할 여유도 없었다. 현직에 있을 때보다 더한 스트레스를 받았다.

그래서 결심했다. 이번 한 번을 끝으로 다시는 강의를 하지 않겠노라고….

드디어 4개월 동안 준비한 내 인생의 첫 강의시간이 왔다.

나를 쳐다보며 무슨 내용을 말할까 궁금해하는, 호기심을 띤 수십 개의 눈을 보았다.

내가 생각했던 것보다 많은 호응과 박수에 고무되어 준비되지 않은 사례와 유머가 입에서 저절로 나왔다. 강사와 청중이라는 굴레에서 벗어나, 있는 그대로 솔직한 모습이 자연스레 나왔다. 수강생들은 그 모습에 감명받는 것 같았다.

요란한 박수와 더불어 2시간의 강의가 끝났다. 당락과는 상관없이 시험이 끝났다는 해방감에 휴 하는 한숨이 저절로 나왔다.

강의가 끝나고 수강생 두 명이 찾아왔다. 강의에 감명을 받았다고 했다. 한 명은 쓸까 말까 망설이던 중에 강의를 듣고 쓰기로 결심했다고 했다. 또 한 명은 강사의 책 쓴 경험을 듣고 감동하여 예정된 여행 계획을 취소하고 책을 쓰기로 마음먹었다고 했다.

그 말을 듣는 순간 4개월 동안의 고생이 눈 녹듯이 사라졌다. 내 강의가 다른 사람의 생각에 영향을 끼칠 수 있다는 사실이 가슴 깊은 곳에서 우러나오는 감동으로 다가왔다. 일종의 세상 사는 보람 같은 묵직한 감동이었다. 얼마 후 2학기 강사 모집 마감 날에 밤을 새우며 새로운 강의 계획을 쓰고 있는 나를 발견했다. 보기 좋게 떨어졌지만 나를 찾아왔던 수강생 두 명은 책을 써서 출판했다.

세상을 살다 보면 여기저기 반전들이 숨어 있다.

은퇴 후 여유로운 생활에서 어느 순간 강사가 되어 있을 줄은 꿈에도 몰랐다.

이런 반전의 출발점은 책을 써서 출판한 것과 책을 통해서 우연히 맺은 인간관계였다.

또, 이런 반전들 한구석에는 또 다른 작은 반전이 남아 있다. 그 반전은 메인 게임에 집중하다 그만 뚱땡이가 되어버린 것이다. 그래서 아직도 체중 감량이 목표로 남아 있다.

Part 5.

아름다운
마무리를 위한
준비

밝은 마음 깊은 느낌

나이가 들수록 아름답게 세상을 살고 싶었다.

밝은 얼굴, 밝은 빛, 밝은 거울, 밝은 달, 밝은 햇살, 밝은 문명, 밝은 가르침, 밝은 색채, 밝은 눈, 밝은 생명, 밝은 정치, 밝은 아침, 밝은 하루, 밝은 내일, 밝은 세상, 밝은 미래, 밝은 희망, 밝은 사고라는 단어들에서 느껴지듯 그렇게 세상을 밝은 마음으로 보며 긍정적으로 살고 싶었다.

깊은 뜻, 깊은 고민, 깊은 생각, 깊은 사랑, 깊은 인연, 깊은 밤, 깊은 명상, 깊은 경지, 깊은 잠, 깊은 사색, 깊은 애정, 깊은 은혜, 깊은 마음, 깊은 슬픔, 깊은 상념, 깊은 관계, 깊은 절망, 깊은 맛에서 느껴지듯 그렇게 세상 모든 것을 깊게 느끼며 살고 싶었다.

어두운 곳에서도 주위 사람들에게 밝은 모습을 보여주고 긍정적으로 살고 싶었다. 하찮은 것에도 깊은 감동을 받으며 살고 싶었다.

초등학교 저학년 때 처음 동화책을 접하였다. 그 당시 읽었던 책의 느낌은 생생한 감동으로 다가왔다. 인어공주가 왕자를 위해 거품이 되어 사라지는 모습은 바로 옆에서 실제로 일어나는 착각을 일으킬 정도로 감동적이었다. 거짓말을 할 때마다 늘어나는 피노키오의 코는 내 코가 늘어나는 것처럼 생생하게 다가왔다. 평생 읽은 책 중 그 당시 읽었던 동화책만큼 감동을 준 책들은 없었다.

어렸을 때 느꼈던 감동이 나이 들어서도 변하거나 퇴색되지 않기를 바랐다. 그런 감성으로 나이를 먹고 늙어가길 바랐다. 워즈워스의 무지개라는 시를 읽었을 때 역시 그런 감동이 다가왔다.

무지개_ 워즈워스

하늘의 무지개를 바라보면
나의 마음은 뛰노나니
나 어려서 그러하였고
어른이 된 지금도 그러하거늘
나 늙어서도 그러하리다
아니면 이제라도 나의 목숨 거두어 가소서
어린이는 어른의 아버지
바라노니 네 생애의 하루하루를
천상의 경건한 마음으로 살아가게 하소서

평생을 깊게 느끼며 살았고, 그렇게 살 예정인데 아니면 목숨을 걸 겠다는 시인의 비장함과 "어린이는 어른의 아버지"라는 문구가 어린 시절 책에서 느꼈던 감동을 나이 들어서도 느끼기를 바라는 나의 소 망을 잘 나타낸 시가 아닐까 싶다.

나뿐 아니라 집안 식구들 모두가 그렇게 살길 바랐다.

그래서 "밝은 마음, 깊은 느낌"을 가훈으로 정했다. 당시에는 가훈 가지기 운동의 일환으로 고속도로 휴게소에서 무료 가훈 써주기 행사 가 많았다. 붓글씨 대가들의 재능기부 행사였다.

"한자가 없어 무게감이 떨어지네. 사자성어 한자어를 추천해 줄 테 니 그리하겠나?"

"어르신 그냥 한글로 써주세요."

세로 명조체로 한숨에 썼다. 마음에 들지 않았다.

"가로에, 예서체로, 칸을 바꿔서 두 문장으로 써주세요."

"젊은 사람이 공짜로 글 받아 가며 요구하는 것이 많네그려."

그분이 다시 써준다. 그렇게 글을 받아 액자에 넣어 거실 벽에 걸어 놓고 아침저녁으로 처다보며 음미했다.

가끔 애들에게 가훈의 뜻을 설명했다. 볼 때마다 뜻을 음미하며 보 라고 훈시도 했다. 현재 그렇게 사는 가족원은 딸인 것 같다. 내가 딸 바보 같지만 딸은 모든 일에 긍정적으로 밝게, 깊이 느끼며 사는 듯하 다. 자신이 원하는 일을 하며, 직장, 연애, 교회 등 복잡한 일상을 쏜 살같이 처리하며 보이는 밝은 모습은 가훈 그 자체이다.

"밝은 마음, 깊은 느낌."

항상 그렇게 살려고 노력해왔다. 끝이 없을 것 같은 어둠 속에서도 밝은 표정을 잃지 않으려 노력했고, 그런 밝음은 주위 동료들에게 전염되어 위안과 믿음으로 되돌아왔다. 어디에서나 빛줄기는 있었고, 어느 정도의 시간이 흐르고 나면 본래의 밝은 모습대로 되돌아왔다.

그래서 세상은 공평하다. 내가 보여준 밝고 긍정적인 모습은 항상 그렇게 되돌아왔다. 또, 상대방의 입장에서 생각하고 느꼈던 것은 내 입장이 되어서 되돌아왔다.

경쟁자라고 생각되던 사람이 동료가 되고, 적이라고 생각되던 사람이 조력자가 되어 내가 살아가는 고비마다 도움을 주었다.

어느 날, 오늘의 나를 있게 한 가훈이 갑자기 거실에서 사라졌다.

한마디 말도 없이 아내가 딸의 그림을 걸기 위해 가훈 액자를 떼어내어 어디엔가 처박아 둔 것이다. 벽에 걸린 딸의 그림을 보며 지는 해와 뜨는 해의 구별이 칼로 베듯 확실한 아내에게 한마디 불만의 말을 해야겠다고 생각했다. 그러나 "자식 이기는 부모 없다"라는 말을 생각하고 포기한다.

앞으로 30년은 계속 보며 마음을 다잡아야 할 가훈 "밝은 마음, 깊은 느낌"은 골방 책장 옆 빈 곳에서 잠자고 있다.

그래도 나이가 들어갈수록 밝은 마음으로 깊게 느끼며, 아름답게 살자는 생각은 변함이 없다.

내가 제일 잘하는 것과 비만

나는 모태 비만이다.

평생을 살아오면서 비만이 아니었던 적이 없었던 것 같다. 비만이었으나 아무 불편 없이 잘 살았다.

갑자기 "당신은 무엇을 제일 잘합니까?"라고 묻는다면 누구나 당황하게 마련이다. '내가 제일 잘하는 것이 뭐지?' 스스로 반문해 보지만 반사적으로 '이거다'라고 대답하기는 힘들다. 한참을 생각해보다가 '아, 내가 제일 잘하는 것이 이런 거 아닐까?' 하며 대답을 한다.

만약 누군가 나에게 묻는다면 자신 있게 대답할 수 있다.

"먹는 것을 제일 잘합니다."

그 증거가 내 몸무게이다. 약간 비만이었으나 살아가는 데 아무런 불편이 없었기 때문에 인위적으로 체중 감량이나 다이어트를 해본 적도 없다.

건강검진을 받을 때마다 결과지에는 매년 과체중과 비만이 기록되어 있다. 문진 의사는 매년 연례행사하듯이 "살 빼세요"를 반복한다.

담배를 끊고 나니, 체중이 갑자기 늘었다. 조금만 걸어도 호흡이 곤란하다. 운동을 해야겠다고 생각했다. 정상이었던 혈압이 갑자기 높아졌다.

이순의 나이에 비로소 비만과 건강에 관심을 두게 되었다.

세계보건기구는 비만을 고혈압, 흡연, 고혈당, 육체적 비활동과 함께 5대 사망 위험 요인으로 꼽는다. 지방의 과잉 비축으로 나타나는 비만은 허혈성 심장질환이나 뇌졸중 같은 각종 혈관질환, 고혈압, 당뇨병, 고지혈증, 각종 암 등 수많은 질병의 원인이 된다고 한다.

"음식이 소화되어 장에서 포도당이 흡수되면 혈당이 급격히 올라간다. 이를 확인한 췌장에서는 인슐린을 분비하여 혈당을 세포 안으로 들여보내 사용하게 하는 한편, 사용하고 남는 혈당은 간과 근육, 조직에서 글리코겐으로 바꾸어 저장하게 하는데, 저장되는 글리코겐은 약 500g으로 2천 칼로리의 에너지를 비축하는 셈이 되어 하루 정도 사용할 수 있는 양이다.

간과 근육, 조직에 글리코겐으로 저장하고 남는 포도당은 간에서 지방으로 바꾸어 지방세포에 비상식량으로 저장하는데, 그 양은 글리코겐보다 훨씬 많으며, 특히 복부에 많이 저장한다.

우리가 10일 정도 금식하여도 몸에 큰 무리가 가지 않는 것은 바로 이 지방 덕분이다. 이처럼 비상시에 에너지원이 되는 지방은 고마운 존재이지만, 비축이 비만으로 발전하면 많은 문제를 일으킨다."

_ 〈내 몸 안에 준비된 의사〉, p. 147

이순의 나이에 들어서며 불편하고 무서운 질병의 원인이 되는 비만과의 싸움이 시작되었다.

매년 새해 목표는 체중 감량이다. 새해에 헬스 3개월 정기권을 구입하는 것은 연례행사였다. 비만은 운동 부족의 결과이기 때문에 운동으로 해결해야 한다는 믿음으로 운동을 시작하였으나 여행이나 약속 같은 다른 계획 때문에 우선순위가 밀리고 결국은 리듬이 깨져 버린다. 한번 리듬이 깨지면, 깨져 버린 항아리를 다시 맞추듯이 다시 시작하기가 어려워진다. 내 인생에 계획이 틀어질 수 있다는 자괴감에 빠진다. 내년을 기약하며 어찌하면 비만을 해결할 수 있을까를 생각한다. 다이어트에 성공한 사람들은 저마다의 비결을 이야기한다.

"나는 매일 새벽에 등산을 꾸준히 했더니 이렇게 10kg 이상 감량되고 날씬해졌어."

"나는 매일 2만 보 이상 걸었더니 체중이 줄었어."

그런 이야기를 들을 때마다 솔깃해진다.

비만의 원인은 아주 간단하다. 살이 찌는 것은 소모된 열량보다 축

적되는 열량이 더 많기 때문이다. 따라서 해결 방법도 간단하다. '안 먹으면 된다.'

살을 빼는 것은 80%가 식이조절이고, 20%가 운동이라고 한다.

다이어트 광고의 대부분이 적게 먹을 수 있는 효소나 식물 같은 음식물이라고 보면 된다. 광고되는 대부분의 다이어트 이름에 유명 연예인의 이름이 붙는다. 광고주 입장에서는 유명세를 이용할 수밖에 없고, 연예인 입장에서는 살 빼서 좋고, 광고료 들어와서 좋고 일석이조다. 미용이나 건강을 위한 다이어트 시장의 규모는 점점 커지는 추세라고 한다. 성인 3명 중 한 명이 비만이고 증가 추세이기 때문이다.

아이러니한 사실은 온갖 TV가 맛집 소개, 음식 맛보기, 요리 프로그램으로 채워지고 있다는 것이다. 요리사가 출연한 음식점은 TV의 영향력을 말해주듯, 그 지역 맛집이 되어 줄을 서야 음식을 먹을 수 있다고도 한다.

맛집과 먹방이 유행하면서 유튜브, 개인 방송, 인터넷에 맛있는 음식에 관한 정보가 쏟아진다. 이렇게 쏟아지는 맛집과 음식 정보 속에서도 비만이 아닌 사람들은 도대체 어떤 사람들일까?

무분별한 먹방이 홍수처럼 쏟아지는 지금, 비만을 벗어나기 위해 다이어트를 하는 사람들이 가혹한 시련의 시대를 사는 것은 확실하다.

일반적인 건강을 위한 음식 섭취의 보편적인 원칙이다.

- 추천 사항: 배가 10분의 8 정도 찼다면 식탁을 떠나라. 허기 지지 않으면 먹지 마라. 물을 충분히 마셔라. 과식했다면 이틀간 절식하라. 저녁은 가볍게 먹어라. 천천히 꼭꼭 씹어 먹어라.
- 피해야 할 사항: 설탕, 소금, 술, 담배, 포화지방
- 권하는 사항: 유기농 식품, 좋은 기름(올리브, 호두, 포도 씨), 과일, 채소 등 신선한 재료

얼핏 보기에는 간단한 것 같지만 포기해야 할 것들이 너무나 많다.

그래서 한 달 전부터 간헐적 단식을 하고 있다.

간헐적 단식은 칼로리 제한을 실천하는 방편으로 개발되었다. 따라서 간헐적 단식은 소식을 통해서 얻을 수 있는 건강상의 이점과 공복시간을 유지하여 건강 유지와 체중 감량에 좋다. 즉, 수명연장, 당뇨예방, 인슐린저항성 개선, 암 예방, 치매예방, 심혈관질환 예방 등에 효과가 있다고 한다.

내가 하는 16 대 8의 간헐적 단식을 간략히 설명하면 하루 24시간 중 16시간 동안은 물만 먹으며 단식을 한다. 물론 자는 시간까지 포함해서 말이다.

다시 말하면 아침을 안 먹고, 12시 점심시간부터 8시 저녁까지만 음식을 먹고 나머지 16시간은 단식을 한다. 가장 주의해야 할 사항은 단식 후 폭식이다. 그래서 단식 후의 폭식 욕구를 조절하는 것이 가장 간헐적 단식의 성패를 좌우한다고 해도 과언이 아니다.

안 그래도 평상시에도 비만이었는데 담배를 끊고 나니 몸무게가 90kg대 초반에서 100kg까지 올라갔다.

데드라인을 100kg으로 잡고 16 대 8 간헐적 단식을 시작했다. 몸무게는 더 이상 늘지 않았으나 별로 줄지도 않았다. 단식 후 폭식하지 않도록 신경을 썼다. 그 이후 서서히 내려가고 있다. 몸무게가 5kg 정도 빠졌다. 앞으로는 폭식을 줄이고 운동도 병행할 생각이다. 가능하다면 건강을 위한 음식 섭취의 보편적인 원칙도 지켜보려 한다.

무분별한 TV와 인터넷방송의 먹방이 홍수처럼 쏟아지는, 다이어트 하는 사람에게는 가장 가혹한 시련의 시대에, 지금 나는 다이어트를 하고 있다.

지금도 누군가가 묻는다면 '먹는 것을 제일 잘할 수 있다'고 말할 수 있다.

그러나 만성질환의 원인인 비만이 이제는 아주 부담스러운 나이가 되었다.

어느 날 갑자기…

"건강을 잃으면 전부를 잃는다"라는 말을 써 놓고 2시간을 앉아 있다.
'건강을 잃으면 전부를 잃는 것일까?'

살아오면서 주변에 건강을 잃었던 사람들 떠올려 본다.

건강을 잃으면 원상회복이 불가능하다. 어느 정도 회복은 되겠지만
완전한 회복은 불가능하고 후유증이 남는다. 그뿐만 아니라 관계되는
주변 사람들을 고통 속으로 끌어들인다.

그래서 건강은 해야 할 일들 중에서 최우선에 두어야 한다. 모든 사
람이, 특히 은퇴 시기에 들어선 사람들은 이 사실을 아주 잘 알고 있
다. 그러나 아는 것과 실천하는 것은 별개의 문제다.

건강관리에 대한 지식은 이제 일반화되어있다. 인터넷이나 SNS상에

건강 관련 지식은 넘쳐나고 있다. 크게 요약하면 음식관리, 운동관리, 긍정적인 사고 등이다.

주로 이런 내용이다.

- 소식하고 채소를 많이 먹어라
- 동물성 지방과 소금 섭취를 줄여라
- 담배와 술은 가능한 한 끊어라
- 지속적으로 운동하며 가능한 한 많이 걸어라
- 긍정적인 마인드로 스트레스를 줄여라

지켜야 할 것이 단순하고, 그렇게 어려운 것도 없는 것 같지만, 곰곰이 생각해보면 무척 어려운 일이다. 습관을 바꾸어야 하기 때문이다.

"자연치유를 정확하게 이해하면 건강한 삶이 보입니다. 어떠한 질병에 걸렸을 때 자연치유를 가능하게 하는 시스템, 곧 몸 안에 준비된 의사에 대하여 고마운 마음을 가지고, 이 시스템이 일할 수 있는 환경을 만들어 주는 삶을 사는 것이며 그 이상도 이하도 아닙니다. 질병에 걸렸을 때 자연치유력을 회복시키면 질병이 쉽게 낫는 것은 너무나 당연합니다."

〈내 몸 안에 준비된 의사〉라는 책에서 말하는 요지이다.

아버님과 어머니의 투병생활을 옆에서 지켜보며 평소에 건강관리의 중요성을 뼈저리게 느꼈다. 가능한 병원 신세를 지지 않고 자연치유력을 회복시키는 환경을 만들어 주는 삶을 살고 싶었다.

그러나 단지 마음뿐이었다. 주위 환경과 몸이 따라주지를 않는다. 가끔은 '나는 왜 이럴까'하는 자조적인 마음에 휩싸인다.

'자연치유력 회복'이라는 단순한 노력조차 의지대로 되지 않는다. 지금까지 살아온 관성을 거스르기가 쉽지 않기 때문이다.

그렇게 시간을 흘려보냈다.

우리나라 성인 3대 사망 원인은 ① 고혈압과 동맥경화에 의한 심근경색증, 뇌졸중 등 순환기질환, ② 위암, 폐암, 간암, 유방암, 자궁암, 대장암 등 악성 종양, ③ 교통사고, 안전사고 등 사고사가 주요 원인이다.

특히 순환기질환이 증가 추세에 있다. 혈관이 막히거나 딱딱해지면 치명적인 심혈관질환(협심증, 심근경색)과 뇌혈관질환(뇌경색, 뇌출혈) 등으로 사망하거나 치명적인 후유증으로 고생하는 경우가 많다. 그러므로 혈관을 병들게 하는 4대 주범인 고혈압, 고지혈증, 당뇨, 비만은 젊어서부터 관리해야 한다.

한 가지 확실한 것은 모든 건강관리는 젊어서부터 관리해야 한다는 것이다. 최근에는 '헬스케어'라는 신조어가 있다. 헬스테크놀로지의 줄임말로 건강테크라고도 한다.

고령화 사회에서는 젊을 때부터 돈과 시간을 투자하여 건강을 유지하고 노화를 방지하고, 노후 의료비를 절약해야 장기적으로 더 많은 이익을 기대할 수 있다는 개념이다.

내 젊은 시절은 어떠하였는가?

약간 비만이었지만 병원에 가본 적도 없고 건강에는 자신이 있었다. 회사에서 주요 업무가 영업이었기 때문에 건강관리와는 상반되는 행위가 다반사였다. 접대를 위한 동물성 지방 식사와 술자리, 담배, 폭식, 스트레스는 일상생활이었다.

이런 행위들은 주로 밤늦게까지 긴장 속에서 이어졌다. 운동할 시간이나 여유가 거의 없었다. 거기에다 아버님은 심근경색, 어머님은 당뇨를 앓으셨다.

이런 정도면 고혈압, 고지혈증, 당뇨 중의 하나는 당연히 있어야 했으나, 매년 건강검진을 받을 때마다 아무 이상이 없었다. 혈압도 120에 80으로 항상 정상이었다.

회사에서 당시 유명한 의사의 건강 강의가 있었다.

강의 시작과 동시에 질문을 한다.

"이 세상에서 제일 무서운 병이 무엇인가요?"

대부분의 대답은 암 종류였다.

"암보다 더 무서운 병은 혈관계 질환입니다. 암은 판정 후 몇 개월 이상 진행이 되고, 의사소통이 되고, 준비할 시간이 많죠. 그러나 혈관계 질환은 소리 없이 갑자기 발병되어 사망하거나 병원 신세를 져야 합니다. 사망하지 않을 경우는 더욱 비참한 삶을 살게 됩니다. 의식이 있어 상대방의 말을 다 알아들을 수는 있으나 표현을 못 합니다.

그래서 아프다는 의사표시도 못 합니다. 움직일 수도 없습니다. 그런 상태로 상당한 시간을 침대 위에서 보내기 때문에 욕창이 발생합니다. 누군가가 옆에서 계속 몸을 움직여 줘야 합니다. 그래서 가족들에게도 잔인한 병입니다."

그 당시는 '잔인한 병으로 사람에게는 치명적인 병일 수 있겠구나'라고 생각했다. 그러나 피부에 와 닿지 않았다.

그렇게 바쁘고 긴장된 직장 생활을 지내고 은퇴했다.

일 년이 지난 어느 날 목욕탕에서 혈압을 재어 보았는데 정상이던 혈압이 갑자기 141에 90으로 올라갔다. 얼마 후에는 160에 110을 오르내렸다. 침묵의 살인자라는 고혈압이었다. 또 건강검진에서 부정맥이 있다는 판정을 받았다.

예전에 아버님의 투병생활로 만난 의사들은 강압적이었다. "이 병은 이러이러한 문제가 있으니 즉시 시술하거나 수술을 합시다." 이런 식이었다.

요사이 의사들은 상당히 민주적이다. "이 병은 이러이러한 문제가 있고 치료방법은 이러이러한 것이 있는데 어느 것을 선택할래요?" 마치 백화점에 온 것 같다. 전적으로 고객이 판단해야 할 문제다. 문제는 고혈압으로 뇌혈관이 터지면 뇌졸중, 부정맥으로, 혈전이 뇌혈관에서 막히면 뇌경색 확률이 높다는 데 있다. 현재 상태는 아픈 데도 없고, 증상이 없지만 그렇게 될 확률이 높기 때문에 혈압약을 먹는 예방치료가 필요하다는 것이다.

그 예방치료도 치명적인 병으로 발전되는 확률을 줄일 뿐이고 약간의 부작용도 있을 수 있다는 이야기이다.

아버지의 투병생활을 보아왔고, 아팠던 적이 없는 나는 자연 치유력을 선호한다. 식사와 운동으로 자연치유를 생각했고, 건강관리에 힘써야겠다고 생각했다.

그 단순한 사항은 단순한 것이 아니었다. 평생을 살아온 습관을 바꾸어야 하는 것이었다.

이제야 아무런 부담 없이 기쁘고, 즐겁게 하고 싶은 것만 하며 내 인생에서 가장 빛나는 생을 살고 있다고 생각했는데, 습관을 바꾸어야 한다는 이야기는 그중 무엇인가를 포기해야 한다는 뜻이었다.

나는 혈압약이나 부정맥 시술 없이 1년을 지냈다. 그 사이에 평소에는 관심 없던 체중계와 혈압계도 사고, 헬스 정기권도 구입했다.

그러나 생각과 실천은 별개의 문제이다. 가장 중요한 것이 건강임을 알고는 있는데, 일상의 일에 묻혀 뒤로 밀려버리고 만다. 습관을 바꾸려 해도 며칠만 중단하면 원위치 되어버린다. 최선을 다하지 않은 좋지 않은 결과에는 반드시 후회가 따른다.

그런 지금 어느 날 갑자기 발병한 고혈압과 부정맥을 생각하며, "건강을 잃으면 전부를 잃는다"라는 말 앞에서 할 말을 잃고 앉아 있다.

지공선사(地空禪師)와 복지국가

국민연금공단에서 우편이 왔다. 노령연금 청구 안내서였다.

'고객님께서 노후를 대비하여 오랫동안 차곡차곡 쌓아왔던 국민연금을 받을 시기가 되어 청구방법, 구비서류 등을 안내하오니 우리 공단으로 신청하여 주시기 바랍니다'라는 안내 멘트와 국민연금 납부내용 및 예상연금, 청구방법 및 구비서류, 뒷장에는 제도 안내사항이 있었다.

"꼭! 알아 두세요. 연금은 평생 매월 지급됩니다"라는 말이 눈에 들어왔다.

신청하러 공단에 갔다. 상담 여직원이 친절하게 연금에 관해서 설명한다.

"선생님, 총 납부금액은 8,800만 원이고요. 연간 예상 수령액은

1,900만 원에 매년 물가 상승률을 적용받아 평생 받으실 수 있어요."

"그럼 5년이면 낸 돈 다 받고도 남네요. 나는 100살까지 살 건데 30 년 치는 공짜로 연금공단에서 주는 거네요?"

"그렇게 되네요."

"아가씨, 이직 준비하셔야겠어요."

"예?"

"연금공단 얼마 안 가서 파산할 거 같은데."

던진 농담에 여직원이 웃는다.

실제로 국민연금제도가 낸 돈보다 받을 돈이 더 많은 구조로 되어 있어, 언젠가는 고갈될 수밖에 없다는 문제점을 안고 있다. 추정에 따르면 40년 후에는 완전히 고갈될 것이라는 예상이다. 연금 고갈을 막으려면 연금 보험료를 인상하거나 연금 지급액을 대폭 줄이는 수밖에 없다.

그 필요성이 정권마다 문제가 되지만, 사회적 저항과 표를 의식해서 해결이 지연되고 있다. 이제는 물러설 곳 없는 막바지까지 몰린 것 같다. 대한민국 인구의 거의 15%를 차지하는 700만 명 이상의 베이비붐 세대가 9년에 걸쳐 계속 은퇴하기 때문이다.

나도 베이비붐 세대의 한 명이다. 베이비붐 세대는 한국전쟁 이후 출산율이 급증한 1955년부터 산아제한 정책으로 출산율이 크게 둔화하기 시작한 1963년까지 태어난 사람들이다.

유신 말기에 대학에 입학하여 제5공화국을 모두 겪으며 독재에 대항하여 학생운동을 하였고, 산업화를 이루는데 가장 중심적인 역할을 한 세대이다. 열정적으로 일할 나이인 35세에서 44세에 I.M.F 외환위기와 2008년 세계 금융위기를 겪으며 명퇴의 아픔을 맛보았고, 부모를 모시는 마지막 세대이자, 자식에게 부양받는 것을 포기한 세대이다.

베이비붐 세대의 절반 이상은 노부모를 병원이나 요양 시설에 모시고 있고, 미취업자와 30대 미혼남녀 4분의 1이 경제적인 이유로 부모 집에서 생활하고 있다고 한다.

부모와 자식을 동시에 부양하는 관계로 정작 자신의 노후준비는 거의 하지 못한 세대다. 베이비붐 세대가 모두 노년기에 접어드는 2040년대는 정부의 재정 부담이 극대화될 것으로 예측되는 이유다.

2012년 기준 인구 비중이 11%인 노인들이 전체 의료비의 40% 정도를 쓴다고 한다. 2040년에는 50% 선까지 올라갈 것으로 예상된다.

현재 우리나라는 건강보험과 노인장기요양보험 등 사회보험으로 의료비와 노인 요양비용을 지원하고 있다. 2015년 현재 건강보험료는 급여의 6.7%, 노인 장기요양 보험은 건강보험료의 6.55%를 징수한다. 보험료율 역시 급격한 노인인구 증가에 따라 조정할 수밖에 없는 실정이다.

나의 경우, 부모님이 80세 이후에 집중적으로 의료비가 들어갔다. 아버님은 심근경색, 류머티즘, 폐암, 대장암, 복부 동맥류 등 크고 작은 병으로 10년을 고생하시다 돌아가셨다. 어머님은 치매, 당뇨 및 합병증, 고혈압, 비뇨기 장애, 폐색전증으로 고생하시고 있다.

또 장기요양 4등급을 받은 어머님은 요양비용의 80%를 공단에서 부담하는 노인장기요양보험의 혜택을 받고 있다. 공단부담액은 월 130만 원이 넘는다.

그런 면에서 부양의무를 지닌 자식으로서 사회보험의 혜택을 많이 누렸다고 할 수 있다.

65세가 되면 지하철 경로 우대 교통카드를 받아 지하철을 공짜로 이용할 수가 있다.

경로 우대 교통카드를 사용하는 분들은 공짜라는 것을 의식하여 일반인과 다른 기계음에도 멋쩍어 하는 것 같다. SNS를 통해 떠도는 이야기를 보면 그런 느낌을 알 수 있다. 아래는 그 일부를 인용한 글이다.

지공선사(地空禪師)에 관하여…
만 65세가 되면 우리나라 정부에서 '지공선사'의 자격을 준다. 지하철을 공짜로 타고 경로석에 앉아서 지긋이 눈감고 참선하라는 자격증이다. 아무나 나이만 되면 저절로 주는 자격이며, 남녀, 학벌, 경력, 재산의 구분이 없다.
노인들에게 지하철 공짜는 전 세계에서 대한민국 등 몇 개국에만 있는 경로 우대 제도이다.

여자의 경우는 호칭을 지공녀, 또는 지공여사라고도 부른다.

지하철로 갈 수 있는 먼 곳은 신창, 용문, 소요산, 문산, 오이도, 송도, 인천공항이 있고, 가장 먼 곳으로는 춘천이 있다.

그런데 우리가 지공선사가 되어 지하철을 공짜로 타보니 지켜야 할 수칙이 있고, 지공선사로서 책임과 의무가 있다는 것을 지하철 안에서 참선하며 터득했다.

★ 지공선사 수칙

1. 지공선사는 출퇴근 시 지하철 타지 마라. 출퇴근 시간 비좁은 지하철에서 등산복에 배낭 짊어진 지공선사는 젊은이들이 빨리 죽으라고 속으로 저주한다.

2. 지공선사는 자리가 경로석이다. 젊은이 좌석에 앉지 마라. 경로석이 비어 있는데 젊은이 자리에 앉으면 공연이 자리 하나만 줄어들어 젊은이들이 화낸다.

3. 지공선사는 젊은이 앞에 서 있지 마라. 젊은이가 피곤한데도 자리를 양보해야 하니, 곧 내릴 것처럼 문 앞에 서 있거나 경로석 앞에 서 있어라.

4. 지공선사는 깨끗한 옷차림으로 단정해야 한다. 늙으면 추해지고 냄새나고 꼰대 티를 내어 젊은이들이 싫어한다. 이것을 위장하기 위해 외모에 신경 써야 대우받는다.

5. 지공선사는 경로석에 앉은 젊은이를 혼내지 마라. 나이 많은 게 계급도 아니고, 공짜로 타는 주제에 피곤한 젊은이가 앉아 있다고 훈계하면 안 된다.

6. 지공선사는 할 일 없이 지하철 타지 마라. 할 일 없는 노인들이 지하철을 독차지하면 젊은이들이 지하철 공짜로 태워주는 정부의 잘못을 질책하게 된다.

내용에는 신세를 진다는 감사의 의미가 내포되어 있고, 젊은이들을 의식해서 한 말이 대부분임을 알 수 있다.

65세가 되면 기초연금이라는 국가에서 제공하는 공적연금이 있다. 국민연금을 받지 않는 사람이나 국민연금이 월 급여 38만 원 이하인 사람을 대상으로 한다. 2019년부터 소득 하위 20%에 대해서 월 최대 30만 원으로 지급한다. 2020년은 하위 40%, 2021년부터는 하위 70%로 확대 조정할 계획이라고 한다.

건강보험공단에서는 국민의 건강을 위해 핵심적인 건강검진을 무료로 해주고 있다. 건강검진에는 일반 건강검진(무료), 암 검진(무료 또는 본인 부담 10%), 생애전환기 건강검진(무료) 3가지가 있다.
또 국가에서는 65세 이상 근로 가능 노인을 대상으로 공공분야에서 노인 적성을 고려한 사회참여 일자리를 제공하고 있다.
이외에도 지방자치단체나 국가 산하기관에서 노인들의 여가생활을 위한 많은 무료 프로그램을 운영한다.

현재 상태로 보면 우리나라는 경로를 우대하는 나라로 노인들의 복지가 잘 되어 있는 아주 좋은 나라다.

　그러나 현재 은퇴하는 700만 명 이상의 베이비붐 세대를 감안하면, 급격히 늘어나는 노인인구 복지비용에 대한 국가 대책은 비관적이다.
　노인인구가 늘어나면 국가 활력이 떨어지고, 경제성장률이 장기적으로 하락한다. 이보다 중요한 것은 사회복지비용의 급증이다. 고령사회에 진입한 선진국들을 보면 노인 의료비와 노령연금의 급증으로 골머리를 앓고, 고령자 생계보장, 의료보장을 위해 세계 각국이 부담하는 복지비용은 2030년부터는 세계경제를 뒤흔들 정도로 엄청나게 커질 것이라고 한다.

　연금제도를 흔히 '세대 간의 약속'이라고 한다. 부모 세대는 자식 세대의 세금으로 연금을 받고, 또 자식 세대는 그다음 세대의 세금으로 연금을 받는 식으로 이루어지기 때문이다.
　경제성장과 출산 감소로 인한 인구감소는 늘어난 평균수명으로 급격히 늘어나는 노인인구를 더 이상 부양하기 힘들게 한다. 따라서 노인 부양을 위해 젊은 세대의 세금 부담을 높일 것인가 아니면 노인복지 수준을 낮출 것인가에 대하여 세대 간에 갈등이 생길 수밖에 없다.

　지하철공사는 경로 우대카드를 사용하는 무임승차 노인인구가 급격히 늘어나는 추세로 적자가 가중되는 실정이다. 2019년 3월 24일 연합뉴스를 보면, 승객 한 명 더 태울 때마다 510원의 적자가 발생한다고 한다. 전체 이용객의 13%에 달하는 노인 무임승차가 주요 원인이라고 한다. 무임승차의 손실을 정부와 지자체 중 누가 부담할지를 놓고도 의견이 분분하다. 지하철 기본요금을 현행 1,250원에서 200원 인상하는 안도 검토하고 있다고 한다.

무임승차 적자를 요금을 내는 승객이 부담한다는 이야기다.

문제는 무임승차의 인구가 급격히 늘어나는 추세로 적자가 가중될 전망이라는 것이다.

요금을 부담하는 버스보다는 무임승차인 지하철에는 상대적으로 노인이 많다. 젊은이들이 출퇴근 시간에 요금을 내고 지하철을 이용하는데, 무임승차하는 노인 때문에 콩나물시루 같은 지하철 안에서 시달리거나, 서서 간다면 경로가 아니라 노인 혐오가 조장될 수도 있다. 여기서도 세대 간 갈등의 조짐이 나타난다.

저성장과 인구감소로 인하여, 급격히 늘어나는 노인을 위한 국가의 복지예산도 한계가 있어 무한정 재정을 투입하기는 어려운 상황이다. 이미 고령사회에 들어선 선진국들의 경우도 마찬가지의 어려움을 겪는다.

이제는 세대 간의 슬기로운 타협이 필요한 때다. 국가 노인복지예산의 한계점에 들어서면 복지혜택은 줄어들 수밖에 없다. 지금 은퇴를 시작하는 베이비붐 세대는 부모 부양은 물론 자신의 부양까지 책임을 져야 한다.

자식 세대의 부담을 덜어주기 위해 복지혜택이 줄어드는 것도 기꺼

이 감수해야 한다.

　이제는 나이가 들어도 가입할 수 있다고 광고하는 실손 보험, 암 보험, 심혈관질환 보험, 치매 보험에 가입해야겠다.
　그래도 아직까지 우리나라는 좋은 나라다.

미안하다 고맙다

건너편으로 보이는 청계산으로 해가 넘어가고 있었다. 앉아서 바라보는 노을이 붉게 물들었다.

"전망이 너무 좋지 않아요? 저 밑에 보이는 아파트가 우리 집이에요. 일요일이나 토요일 등산 올 때 여기 들르면 좋지 않아요? 명절 때 한번 들르는 것보다 수시로 들리는 게 더 좋죠. 일죽은 너무 멀어서 자주 가기가 쉽지 않아요. 더구나 명절에는 차들이 많아 복잡하고 많이 막힐 것 같네요. 그래도 집 가까이 계시는 게 좋지요. 전망도 너무 좋고. 그런데 여기는 화장을 해야 하는데 하실래요? 대신에 여기는 규모가 커서 손자까지 다 들어갑니다."

아버님은 화장을 원치 않았다. 오래전부터 산소를 보러 같이 돌아

다닌 결과, 일죽에 장소를 선정해서 계약까지 한 상태였다. 집 근처에 공원묘지가 마음에 들어 한군데 더 계약했다. 아버님을 모시고 와서 전망도 보고 설득 중이었다. 한참 붉은 노을을 지켜보시던 아버지는 결국 한 말씀 하셨다.

"여기로 하자."

그리고 지금은 그 자리에서 쉬고 계시다. 나는 매일 새벽 올라가 그 자리에서 청계산을 바라보고 앉아 있다 내려오곤 했었다.

아버지는 예전부터 낚시를 무척 좋아했었다. 군대에서 중대장 시절에 타고 다니던 지프차에 안테나를 떼어내서 접는 낚싯대로 사용하셨다. 당시에는 대부분이 접지 못하는 대나무 낚싯대였다. 제대 후 회사 다니실 때는 차 트렁크에 고무보트와 낚싯대를 싣고 다녔다. 당시에는 고무보트 낚시가 유행이었다. 은퇴하신 뒤에는 손수 운전해서 낚시를 다녔다. 어느 순간부터는 집 근처 관리형 손맛 낚시터를 주로 다녔다.

그리고 그곳에서 심근경색을 맞았다. 외근 중에 어머니에게 전화가 왔다. 아버지가 아프시니까 낚시터로 가보라고 해서 가보니, 의자에 앉아서 아픈 표정을 짓고 땀을 흘리고 계셨다.

"차에 타시죠."

"낚싯대 걷어라!"

"갔다 와서 제가 걷을게요."

"걸어라!" 할 수 없이 낚싯대를 챙겨 차 안에 실었다. 그리고 병원으로 향했다. 가는 중간에 한 말씀 하신다.

"집에 들러서 옷 갈아입고 가자."

"그냥 가시죠."

"집에 들러라!"

카리스마가 실린 목소리에 할 수 없이 집에 들러서 옷을 갈아입기 기다려서 모시고 병원으로 갔다. 응급실 앞에 차를 세우고 업으려 하자 거부하고 걸어 들어가서 응급실 침대에 앉자마자 쓰러지셨다. 그때 심근경색인지 처음 알았다. 같이 보낸 시간을 계산하고 119를 부르지 않은 것을 후회했었다. 다행스럽게 수술이 잘 되었다.

회복 후로는 한 달에 한두 번씩 의무적으로 낚시터에 모시고 갔다. 나는 그것을 효도낚시라고 부른다. 전화 드리고 모시러 가면 눈에 생기가 돌았다. 찌가 움직임과 동시에 챔질을 하는 순발력을 보면서 오십 년의 경력이 나이를 초월하는 것을 느낀다. 옆에서 본인만큼 잡지 못하는 나에게 미안한 듯 훈수를 한다. "챔질이 너무 빨라, 더 올라갈 때까지 조금 기다렸다 챔질을 해." 낚시할 때는 팔십이 넘은 분 같지가 않았었다.

아버지는 6·25 때 간부 후보생으로 지원을 했다. 제주도에서 훈련을 마치고 임관하였을 때 휴전이 되었다. 그리고 전방에서 장교 생활을 하셨다. 양구, 인제, 화천 주위로 부대를 이동할 때마다 이사를 했다. 초등학교 때 전학만 네 번을 다녔다. 가장 어릴 때 기억은 회초리 맞을 때였다. 집에서 꽤 멀리 갔었던 모양이다. 멀리 신작로를 혼자 걷는데, 아버지가 부대 훈련으로 차량 이동할 때 여섯 살 먹은 꼬마 혼자 신작로를 차량 먼지를 다 마시며 걸어가는 것을 보았던 모양이다. 시간이 지나 아버지의 입장에서 생각해 볼 때 차를 세울 수도 없고, 그 난감한 심정이 이해가 간다.

초등학교 3학년 때 아버지는 육군본부로 발령이 나 서울로 이사를 왔다. 어머니 얘기로는 경리관으로 근무했다고 한다. 아버지가 그 시절 딴마음 먹었으면 집이 몇 채 되었을 것이라고 얘기할 때 한 채라도 제대로 가진 다음 얘기하라고 어머니가 잔소리하는 것을 들은 적이 있다.

진급을 못 하고 계급정년인 대위로 제대를 했다. 퇴직금으로 시계처럼 돌아가는 곡선자를 만드는 사업을 해서 망했다. 또다시 빨랫비누 대체용으로 물비누를 연구해서 사업을 하다가 완전히 실패했다. 시대를 너무 앞서갔던 것 같다. 파산했다.

어머니가 대학생 하숙과 미장원을 하며 생계를 꾸려나갔다. 백수로 할 일 없이 1년 이상 보내신 것 같다. 두 번의 연이은 사업 실패와 그 인고의 세월 동안 느낀 감정을 알 수 있을 것도 같다. 학생들과 바둑을 두거나, 학교 공작 숙제는 아버지가 도맡아서 했다.

경리 학원에 다닌 후 출판사에 경리 직원으로 취직하셨다. 시간이 흘러 퇴직하실 때 보직은 전무이사였다.

내 젊었을 때 멘토는 믿음직한 모습과 든든한 어깨를 가진, 말씀은 적으나 맑은 눈동자로 깊숙이 바라보시던 아버지였다. 당시에는 결코 오르지 못할 산 같은 존재였다.

심근경색 수술이 잘 되어서, 자동차를 몰고 집 근처에 관리형 저수지에 낚시 다닐 때는 매우 행복하셨던 것 같다.

또다시 폐렴 증세가 있어 병원에 갔다. 일반적인 검사와 진료를 받은 후 추가 검사를 더 해 보자고 의사가 말했다. 아버지와 같이 검사 결과를 들으러 병원에 갔다.

"폐암입니다." 가슴이 덜컹 내려앉으며 옆을 보았을 때 굳어지는 표정을 보았다. 의사가 원망스러웠다. 보호자한테 미리 언질이라도 주었어야 했다.

"폐암 1기라서 수술하면 괜찮을 것 같습니다."

아무 말 없이 차를 운전했다. 긴 침묵에 할 수 있는 말이라곤 "드라이브나 하시죠"뿐이었다. 그리고 가라앉기를 기다리며 간 곳이 겨울이라 한적한 낚시터였다. 효도낚시 다니며 차 트렁크에 실어 놨던 낚싯대를 꺼내 펼쳤다.

"낚시하시죠"라고 이야기했다. 이곳에 오길 참 잘했다고 생각하며 저수지를 한 바퀴 돌았다. 뒤에서 아버지의 낚시하는 모습을 바라보며, '무슨 생각을 하고 계실까?' 생각하는 나에게 아버지는 한 말씀 하셨다. "너도 낚시해 봐라."

평소 의사에 대한 불신으로 수술을 받고 싶진 않았다.

초기라 간단한 복강경 수술만 하면 된다는 의사의 말에 아버님이 동의하셔서 어쩔 수 없이 수술을 했다. 수술 후 입원실로 입원한 아버지의 상태는 아주 좋지 않았다. 온몸이 퉁퉁 부었다.

의사는 원인을 찾지 못했다.

나중에 얼핏 들은 얘기는 수술 마무리가 잘못되어서 폐로 들어간 바람이 온몸으로 퍼져서 그렇다는 얘기였다. 염증 수치가 좋지 않아서 항생제를 투여했다. 그렇게 몇 주가 지났다. 항생제를 너무 많이 써서 콩팥에 문제가 생겼다. 투석 치료를 정기적으로 했다.

입원 기간이 길어질수록 정신상태도 무너져갔다. '섬망 증세'라고 했다. 그렇게 아버지의 서서히 무너져가는 모습을 지켜만 볼 수밖에 없었다.

낚시터에 모시고 가도 그저 앉아서 바라만 볼 뿐이었다. 그렇게 좋아하던 것에 대한 감응도 없어지셨다.

삶의 질이 완전히 무너졌다. 아버지 낚싯대는 모두 잃어버렸고, 내 차 트렁크에 항상 실려 있던 내 낚싯대도 꺼내 창고에 처박아 두었다.

삶의 질이 망가지면서 면역력도 약화되어 류머티즘, 복부 대동맥류 등 여러 가지 합병증과 폐렴으로 중환자실에서 상당히 힘들어하셨다. 주삿바늘을 너무 많이 꽂아서 더 이상 바늘을 꽂을 곳이 없을 정도로 양손과 발이 시퍼렇게 변했다.

숨을 쉬기도 힘들어하셨다. 그러던 어느 날 사슴을 닮은 눈동자로 나를 쳐다보시며 기력을 모아 말씀하셨다.

"미안하다, 고맙다."

가슴 깊은 곳에서 서서히 치고 올라오는 감동이 온몸을 적셨다. "네 죄를 사하노라"라는 한마디에 구원을 받은 그런 느낌이었다.

이틀 후 갑자기 아버지가 보고 싶어 지방 출장을 일찍 끝내고 병원으로 향하던 중, 아버지가 이상하다고 간호사한테 연락이 왔다. 중환자실에 들어가서 보니, 맥박은 뛰고 있는데 의식은 없다.

의사가 준비하라는 말을 한다. 아버지 귀에다 대고 정신없이 무슨 말인가를 계속했다. 의식은 없었지만 눈에 눈물이 고이면서 옆으로 흘러내렸다. 계속 말하는 것밖에는 할 수 있는 것이 없었다.

의사가 어깨를 잡으며 말했다. 운명하셨다고….

묘비명을 새겨 넣었다.

"이 한 세상 당신과 함께해서 참 행복했습니다. 곁에서 말없이 지켜보시던 사슴과 같은 눈망울이 그립습니다."

장례를 치르고 삼우제를 지내며 별로 눈물을 흘리지 않았고, 가끔 꿈속에서 볼 때도 꿈이라는 것을 의식하면서도 생시와 같이 편하게 대하는 것도 '구원'받은 사람이라는 느낌 때문이다.

"미안하다, 고맙다"라던 그 한마디 말 때문에….

진지하고 편안한 대화

종합병원 앞 대기실에서, 지난주에 맞춘 틀니를 하기 위해 차례를 기다리며, 휠체어에 앉은 어머니와 대화를 나눴다.

세상을 살다 보면 우연적이든 의도적이든 모르는 사람을 만나 대화하고, 대화 속에서 서로를 알아가며 다양한 인연을 맺게 된다. 혈연관계는 그 반대이다. 인연이 먼저 맺어져 있고 그 바탕에서 대화가 이루어진다.

부모와 자식 관계에서는 습관적인 일상의 일들에 대한 대화가 대부분이다. 부녀, 모자, 부자 관계에서는 함께 생활해왔다고 해도 자식의 주변 환경이나 생각을 알기 어렵다. 예외가 있다면 모녀관계는 자식이 커갈수록 친구 관계처럼 변한다. 그래서 아들만 있는 집은 황량하고,

애들이 크면 엄마가 우울증에 걸리기 쉽다. 아들만 있는 집은 필요한 말 외에는 대화가 단절되는 탓이다. 더구나 아들이 결혼까지 하면 며느리의 사람이거나 남의 집사람이 된다는 우스갯소리도 있다. 일상의 대화조차 단절되어 버리기 때문이다.

생각해보면 나와 어머니와의 대화가 그랬다. 결혼하고 나서는 더욱 그랬던 것 같다.

아버지는 과묵하시고 조용하신 반면에 어머니는 직설적인 성격에 생활력이 강했다. 어렸을 때는 어머니에게 혼난 기억밖에 없다. 아버지가 사업에 실패한 후 재취업할 때까지 대학생 하숙과 미장원을 동시에 운영하며 집안을 이끌어 간 것도 어머니이다.

끝까지 여장부일 것 같던 어머니도 아버지가 그랬듯이 나이 여든이 넘어서며 무너지기 시작했다. 고생해왔던 당뇨가 눈의 시신경까지 영향을 끼쳐서 시력이 약해지고, 돌이킬 수 없을 정도로 삶의 질을 악화시킨 것은 치매였다. 어머니는 뇌의 기억력은 떨어졌지만 언어능력과 판단력은 어느 정도 남아 있는 것 같았다.

"의학이 발달해서 재수 없으면 150살까지 산다"라는 말이 있다. 그 재수 없다는 말은 '두렵다'는 뜻이다. 여론 조사에서 가장 두려운 병은 암에 이어서 치매가 두 번째로 꼽힌다.

실제로 치매는 뇌의 기억력, 언어능력, 판단력 등이 떨어져 일상생활에 지장이 발생하며, 당사자의 고통뿐만 아니라 그를 돌보는 가족들과 그 가정까지 파탄 나게 하는 무서운 병이다. 그렇지만 누구나 늙으면 자연스럽게 찾아오는 병 가운데 하나이다. 그러므로 누구나 치매에 대비한 사전 준비가 필요하다. 질병관리 본부는 치매예방을 위한 3대 생활 원칙을 제시하고 있다.

첫째 두뇌, 신체, 사회 활동을 많이 하고, 둘째 체중, 혈압, 혈당을 낮추고, 셋째 술, 담배를 끊으라는 것이다.

평소에 하는 건강관리가 치매관리에서도 똑같이 적용된다.

결국은 대장암과 폐암 수술 후유증으로 '섬망 증세'를 보이는 아버지와 어머니가 한 병실을 같이 쓸 수 있는 요양원을 수소문하여 함께 모셨다. 끼니마다 먹는 많은 약은 간호사가 알아서 처리했고, 궂은일들은 요양보호사들이 처리해 주어서, 가족들은 찾아가서 얼굴을 보고, 가끔은 병원에 모시고 가는 것 외에 할 일이 별로 없었다.

월급을 받을 때마다 월급 7% 정도의 거금이 자동으로 빠져나가 신경질 나던 건강보험료와 장기요양보험료의 진가를 알게 되었다. 그리고 우리나라의 사회보장제도에 감사한 생각이 들었다. 비용의 80%를 건강보험공단에서 지불하고, 자기 부담은 20%에 식대를 더하여 부담했다.

부모님은 의식주 등 모든 것이 해결되는 한 공간 안에서 다투기도 하고 서로 도우며 하루하루를 평온하게 지내고 있었다.

문제는 중환자실에 입원하셨던 아버님이 돌아가신 날부터 발생했다. 아버님이 돌아가신 사실을 어머님께 알려야 하느냐, 마느냐의 문제였다.

어머니가 받을 충격이 증상에 나쁜 영향을 미칠까 걱정되었으나 알리기로 했다. 표정 변화 없이 생각보다 침착했다. 나이가 들면 죽음에 대해서 담담하게 받아들일 준비를 하는 것 같았다. 변화가 있다면 말이 갑자기 많아진 듯하다는 것이었다. 장례가 끝날 때까지 함께 장례식장에서 보냈다. 화장하는 시간 동안 기다리는 대기실에서도 가족들 하나하나에 덕담을 하시며 눈물바다를 만들었다.

아버님이 돌아가신 후 내색은 하지 않았으나 그 빈자리가 꽤 컸던 것 같다. 갑자기 기력도 없어지고 말수도 적어지셨다. 집과 같은 분위기가 나는 요양원을 찾아 거취를 옮겼다. 그렇게 안정을 찾아가는 것 같던 어느 날, 호흡곤란으로 병원 응급실로 모신다는 연락이 왔다.

오랫동안 움직임 없이 누워있다 보니 혈액이 응고되어 혈관을 막는 폐동맥 색전증이 와 열흘간 병원에 입원했다. 의사는 연로하고 쇠약한 정도를 감안해서 혈액을 녹이는 약물치료를 시술하고 경과를 보자고 했다.

입원 기간에 기력이 쇠약해서인지 소변을 볼 수 없어 비뇨기과 진료를 받았다. 소변 줄을 차고 평생을 지내야 하고 염증을 없애기 위해 보름마다 줄을 바꾸어 주어야 한다는 처방이었다.

경과가 좋아져 퇴원을 했다. 퇴원은 했으나 삶의 질은 완전히 망가져서 혼자 할 수 있는 것은 아무것도 없었다. 그나마 다행스러운 것은 쇠퇴하고는 있지만 인지능력과 판단력이 조금 남아 있다는 것이다.

아버지의 죽음과 어머니의 무너져가는 모습에서, 머지않은 미래의 나를 보았다.
"어떤 것이 아름다운 노년이고 또 어떤 것이 아름다운 죽음일까?"
'웰다잉'의 사전적 의미는 이러하다.

"살아온 날을 아름답게 정리하는, 평안한 삶의 마무리를 일컫는 말이다. 삶의 마지막이자 가장 중요한 길이라고 할 수 있는, 죽음을 스스로 미리 준비하는 것은 자신의 생을 뜻깊게 보낼 뿐 아니라 남아 있는 가족들에게도 도움이 되는 것이라는 인식이 확산되면서 나타난 현상이다."

아버지의 투병 기간에 간병을 할 때 일이다. 사람이 살아가며, 언제 어떤 일이 일어날지는 아무도 모른다는 생각이 갑자기 들었다. 자식들에게 유언장을 썼다. A4 첫 장은 이렇게 살았으면 좋겠다는 바람을 썼다. 두 번째 장은 자산과 부채는 얼마인데, 통장은 어디에 있고 현금은 어디에 있다는 내용을 썼다. 마지막 세 번째 장은 혹시 무슨 사고로 입원해 의식이 없을 때는 강제적인 삶의 연장 방법은 쓰지 말라는 내용이었다.
내용을 쓰고 난 후에는 무슨 일이 생겨도 여한이 없을 것 같은 든든함이 생겨 가슴이 뿌듯했다. 봉투를 밀봉해서 책장 옆에 끼워놓고 아들한테 무슨 일이 있으면 꺼내 보라고 이야기한 지 5년이 지났고, 게을러서 아직 수정하지 못한 채로 책장에 그대로 있다.

어머니를 만나러 가면, 누군지 알아보곤 무표정하던 표정이 이내 밝아진다. 슬로비디오와 같이 밝아지는 그 모습을 보면 기분이 좋아진다. 가끔 컨디션이 안 좋을 때는 못 알아보고 묻는다.

"너 누구니?"

반말에는 어디서 많이 본 얼굴이란 느낌이 들어있다.

"큰아들."

약간 부끄러운 모습으로 손을 잡는다. 때로는 머리를 쓴다. 많이 보던 얼굴을 향해, "왔어?" 하고는 잠시 생각하다 생각이 나면 "아들" 하고 손을 다시 잡는다. 가끔은 묻는다.

"여기가 어디야? 내가 왜 여기 있지? 아무도 없는 줄 알았는데 아들이 있었구나?"

기쁜 표정으로 하는 이런 말을 들을 때면 직접 모시지 못하는 죄스러움과 부끄러움이 온몸을 감싸며 몸 둘 곳을 모른다. 애써 화제를 돌린다.

'아무도 없는 벌판에 가족도 없이 홀로 버려진 것 같은 고독감'이 피부로 전해온다.

아버지 팔순에 찍은 가족사진을 침대 옆에 붙여 놓았다.

"아들, 지금은 뭐 하고 지내?"

내 근황을 묻는다.

"회사 사장 그만두고 은퇴해서 책 쓰고 있지."

"내 아들 장하네. 돈 많이 벌었겠네."

"돈 많이 벌었지."

그 말에 얼굴이 화색이 돈다.

잠시 후에, 내 근황을 또 묻는다.

"아들, 지금은 뭐 하고 지내?"

같은 질문에 같은 대답을 하면 또 얼굴에 화색이 돈다.

또 똑같은 질문을 한다.

예전에는 이렇게 같은 질문을 하고 같은 대답을 할 때마다 같은 내용에 감동하는, 그렇게 진지하고 편한 대화를 나누어 본 적이 없었다. 아니 평생에 누구하고도 질문과 답이 정해져 있는 이렇게 편안한 대화를 나누어 본 적이 없었다.

진료 차례를 기다리며 휠체어에 몸을 의지한 채 어머니는 나에게 묻는다.

"여기 어디야?"

"대학병원."

"여기 왜 왔어?"

"틀니 하러, 틀니 하면 맛있는 것 먹을 수 있어."

어머니 표정이 이내 밝아진다.

"여기가 어디야?"

앵무새같이 같은 대답을 할 때마다 환하게 밝아지는 어머니의 표정을 보며, 대기시간 내내 진지하고 편한 대화를 했다.

일상에서의 이별 연습

갑자기 이런 생각이 든 적이 있다.

'내가 사라진다면 주위에 어떤 영향을 미칠 것일까?'

한참을 생각하다, 유언장을 쓰기로 결정했다.

2016년 2월 초순에 유언장을 쓰고, 사전의료의향서 비슷한 내용과 자산 및 부채 현황표 등 내 재산목록을 첨부하여 밀봉하였다.

갑자기 교통사고가 날 수도 있고, 여행 중에 비행기 사고가 날 수도 있고, 주변에는 여러 가지 위험요소들이 산재해 있다. 우리는 뉴스를 통해서 나오는 수많은 사고 중에, 나도 그 상황 중 하나에 처할 수 있다는 가능성은 전혀 무시하고 남의 일이라고 생각해 버린다. 우리는 태어나면서부터 모두 죽음을 향한 여정에 오른다.

그리고 때가 되면 죽음에 직면한다. 그런데 사람들은 죽음을 두려워하고 생각하기를 꺼린다. 아니, 그 자체를 잊어버리고 산다.

정신과 교수 퀴블러로스는 죽음을 앞둔 사람들과 인터뷰하여, 임박한 죽음에 대한 심리학적 반응을 5단계로 나누었다.

그는 사람이 죽음에 접했을 때, 부정과 고립단계, 분노단계, 타협단계, 침체 절망 단계, 수용단계 등 5단계의 심리적 변화를 겪게 된다고 밝혔다.

1단계 '부정'은 예견치 못한 충격에 대한 자기방어로 볼 수 있으며 현실에 대한 혼란과 아픔을 이겨내고자 하는 단계다.

2단계 '분노'는 죽음의 원인을 타인이나 제3의 원인에 돌리는 단계다.

3단계 '타협'은 본인의 죽음을 인지하지만, 인정하지 않으려 하며 이를 위해 신과 타협하고자 하는 단계다.

4단계 '절망'은 현실을 직시하고 잃는 것과 헤어질 것을 안타까워하는 극도의 의기소침의 단계다.

5단계 '수용'은 이제 죽음을 완전히 받아들이면서 남겨진 자까지 생각할 만큼 안정과 소망까지 갖는 단계다.

시한부들이 가지는 심리 단계라고 한다. 헤어진 연인들도 이러한 단계를 거친다고 한다.

결국 인간의 삶이 죽음에 순응할 수밖에 없는 운명이라면 더 적극적인 자세로 죽음을 맞이하는 것이 필요하다. 이것을 '웰다잉'이라고 부른다.

웰다잉은 살아온 날들을 아름답게 정리하는, 평안한 삶의 마무리이다. 삶의 마지막이자 가장 중요한 길이라 할 수 있는 죽음을 스스로 미리 준비하는 것은 자신의 생을 뜻깊게 보낼 뿐 아니라 남아 있는 가족에게도 도움이 된다.

2013년 3월 6일 방송된 SBS CNBC가 웰다잉 십계명으로, 첫째 버킷리스트 작성하기, 둘째 건강 체크하기, 셋째 법적 효력이 있는 유언장과 자서전 작성하기, 넷째 고독사 예방하기, 다섯째 장례 계획 세우기, 여섯째 자성의 시간 가지기, 일곱째 마음의 빚 청산하기, 여덟째 자원봉사하기, 아홉째 추억의 물품 보관하기, 열째 사전의료의향서 작성하기 등을 제시했다.

또, 2010년도 이후부터 '웰다잉'에 대한 관심이 커지면서, '웰다잉'을 위한 프로그램도 많이 생겨났다.

'웰다잉' 하면 생각나는 사람은 애플 창립자인 스티브 잡스이다. 췌장암으로 사망한 그는 죽기 직전에 자신의 자서전을 출간하고, 졸업식에서 연설도 하며 자신의 죽음을 준비해 왔다고 한다.

숨을 거두기 전날, 아내와 아이들을 차례로 오랫동안 바라본 다음, 짧은 감탄사를 내뱉고 눈을 감았다고 한다.

그가 죽기 전에, 미국 스탠퍼드 대학 졸업식에서 한 연설은 전 세계 사람들의 심금을 울렸다. 그중 일부를 인용한다.

"곧 죽게 된다는 생각은 인생에서 중요한 선택을 할 때마다 큰 도움이 된다. 사람들의 기대, 자존심, 실패에 대한 두려움 등 거의 모든 것들은 죽음 앞에서 무의미해지고 정말 중요한 것만 남기 때문이다. 죽을 것이라는 사실을 기억한다면 무언가 잃을 것이 있다는 생각의 함정을 피할 수 있다. 당신은 잃을 것이 없으니 가슴이 시키는 대로 따르지 않을 이유도 없다."

맞는 말이다. 중요하게 생각했던 것도, 욕심도, 죽음 앞에서는 무의미해지고, 가슴에서 우러나오는 중요한 것 위주로 중요도가 재편성되기 때문이다. 더구나 죽음을 앞에 둔 사람이 하는 이야기이므로 듣는 사람에게 커다란 진정성으로 다가온다.

시간이 되면 하늘 소풍 이야기, 그 밖의 '웰다잉' 준비 프로그램 등 죽음준비 교육을 한번 받아 볼 생각이다. 죽음 준비교육은 인생의 의미를 다시 깨달아 삶의 만족도를 상승시키고, 죽음의 불안을 크게 낮아지게 하는 효과가 있다고 학자들은 말한다. 남은 제2의 은퇴설계에 새로운 전환점이 될 수도 있다는 생각이다.

나는 2019년 6월, 유언장을 개봉했다. 4년이 지나며 재산 변동 사항도 생겼고, 무슨 말을 썼는지 궁금하기도 하고, 자식들에게 하고 싶은 말도 변했을 것 같고, 무엇보다도 책으로 남겨 두고 싶었다.

유언장을 쓰고 종이봉투에 밀봉하면서 '이제는 언제 어디서 어떻게 되어도 큰 미련이 없을 것 같은 든든함'이 온몸을 감쌌던 기억이 지금도 생생하다.

1. 하고 싶은 이야기들

〈사랑하는 아들, 딸에게〉

이 시점에서 돌이켜 생각해본다.

긴 역사 속에서 바로 지금 이 순간,

"내가 살고 있는 목적이나 이유는 무엇일까?"

"또 이루어 놓은 것은 무엇인가?"를 생각해본다.

삶을 즐겁게 느끼려 노력했던 흔적들,

헛되이 지나간, 내게 주어진 시간들에 대한 회한,

열정을 가지고 최선을 다해 살았던 자부심,

세상을 깊게 느끼고, 밝게 살려고 노력했던 시절들,

순간순간을 좌절하지 않고 시간과 더불어 지켜낸 꿋꿋한 뚝심,

손해 보더라도 상대방 입장에서 생각했던 배려,

이런 것들이 사는 동안 내 주변 사람들의 삶에 영향을 주었으면 싶은데, 그래서 그 일부라도 남아 후세 사람들에 전해졌으면 싶은데, 내가 찍은 발자국의 영향은?

자신이 없다. 그리고 애써 생각한다.

내 세대에서 못한 일을 넘겨 줄 "자식을 남긴 것?"에 위안을 해본다.

"그럼 내 후대를 이을 자식들에게 남겨 준 것은 무엇인가?"

할 말이 없다.

생은 어차피 그 당사자의 것이다.

너희들이 알아서 고심하며, 즐기며 찾을 수밖에 없는 것 같다.

한 가지 해 주고 싶은 말은,

"이 또한 지나가리라"라는 생각으로 역경과 선택의 순간에 두려워하지 말라는 것이다. 망설이지 말고 바로 실행하라. 열정을 갖고 최선을 다한 행동에는 후회가 없다.

꿈을 꾸면, 꿈은 반드시 이루어진다.

아들, 딸, 그리고 김영해, 함께해서 자랑스럽고 행복했다.

사랑한다.

마지막으로 가훈은 "밝은 마음, 깊은 느낌"이다.

2016. 2. 11.

2. 유언장

내가 남기는 모든 것들은

아들, 딸 반반씩 공평하게 나눈다.

그럼 아내는? 법에 따라

그럼 의무는? 내 주변 사람 보살핌(부모 형제 등등)

내가 판단력을 잃어 의사결정을 할 수 없다고 판단되면 삶의 질을 최우선으로 한다.

수술이나 기타 조치를 할 때도 항상 삶의 질이 최우선이다.

의미 없는 생명 연장은 거절한다.

삶의 질이 없을 시는 인위적인 생명 연장을 거부한다.

2016. 2. 11.

3. 재산 현황
　- 자산 및 부채의 현황
　- 가족 저축 및 보험계약 현황
　- 기타

있는 그대로 다시 보니 많이 부족하다.

그러나 지금 쓰고 있는, 이 책이 자서전이나 엔딩노트의 역할을 할 수 있으리라고 생각된다.

사전의료의향서는 적용시기 선택, 사전의료의향 선택, 치료법 및 검사 선택 등 세부적으로 표준화된 양식을 이용할 생각이다. 토지는 일부 사전증여도 했다.

이제는 어느 정도 이별 준비가 되었다고 생각한다.

끝으로 SNS에 떠도는 말을 요약, 인용하며 마친다.

어느 철학 교수의 강의시간에 교수는 책 대신 커다란 플라스틱 통을 교탁 위에 올려놓았다. 교수는 통속에 탁구공을 채우고 공이 가득 차자 학생들에게 공이 다 찼느냐고 물었다. "예" 하고 대답하자, 그 안에 작은 자갈을 쏟아붓고는 다 찼느냐고 물었다. 탁구공 사이로 작은 자갈이 가득 차 있었다. "예" 하고 대답하자, 모래를 부으면서 또다시 같은 질문을 던졌다. 역시 같은 대답이 나오자 마지막으로 교수는 마시던 홍차 한 잔을 통속에 쏟아부었다. 홍차가 모래 틈으로 스며들었다.

"이 통은 여러분들의 인생입니다. 탁구공은 가족, 건강, 친구고 자갈은 일과 취미며, 모래는 그 외에 자질구레한 일들이죠. 만약 모래를 먼저 통속에 넣었다면 탁구공도 자갈도 들어갈 수 없었을 것입니다. 자신에게 주어진 시간 동안 자질구레한 일만 하다 보면 정작 중요한 것은 할 수 없게 될 수도 있어요."

그러고는 인생에서 가장 중요한 것들이 무엇인지 순서를 정해보라고 했다. 교수의 얘기가 끝나자 한 여학생이 질문했다.

"교수님, 그렇다면 마지막에 부은 홍차는 뭔가요?"

"그것은 '여유'입니다. 모두들 기억하세요. 아무리 바쁜 인생에도 따뜻한 차 한 잔 마실 여유는 있다는 것을요."

살면서 가장 중요한 것은 가족, 건강, 친구다. 그러나 항상 옆에 있어 일상의 일에 묻혀 버린다. 떨어져 있어 보아야 그 진가를 가슴 깊게 느낄 수 있다.

그래서 일상에서의 '이별 연습'이 중요하다.

두 달간 모든 것을 쏟아부었던 집필이 끝이 났다.

이제는 정말, 따뜻한 홍차 한 잔을 여유 있게 마셔야겠다.

부록.

아쉬움
때문에…

●

세상 모든 일이 끝날 때는 아쉬움이 남는다.
'좀 더 잘할 수 있었는데' 하는 후회도 꼬리를 문다.

책도 마찬가지다. 두 달 만에 원고를 다 썼기 때문에 고치고 싶은
것이 한두 개가 아니다. 수정하고 수정해도 고치고 싶어진다. 이렇게
아쉬움이 이어지다가는 책 한 번 쓰고 수정하는 데 평생을 보내야 할
것 같은 생각마저 든다. 이러다가는 영영 책을 낼 수 없어 눈 딱 감고
마무리한다. 미진한 부분에 대해서는 독자들의 이해를 구한다.
　대신 서비스로 책 전체 내용을 한 단원으로 요약 정리한 글을 추가
로 게재한다. 이 책의 총정리라고 할 수 있다. 또 요약 정리 뒤에는 조
선일보에 송출된 나의 인터뷰 기사와 수채화 전시회의 사진 자료를 실
었다.
　바쁘신 분들은 이 단원을 건너뛰고 에필로그로 넘어가시면 된다. 그
래서 부록이라고 정했다. 책은 에필로그까지 읽어야 끝이 나기 때문
이다. 뮤지컬도 막이 내리면 아쉬움이 남는다. 그래서 앙코르 송이 있
다. 그런 마음으로 부담 없이 읽어 주시기를 바란다.

내 인생의 선물

1. 나는 천국으로 출근한다

"그동안 수고하셨습니다"라는 은퇴 통보를 받았을 때, 입사해서 한 회사에서 삼십여 년을 보낸 세월이 갑자기 사라졌다. 특히 나의 존재를 보증해 주던 회사의 소속감과 배경이 사라지는 상실감이 컸다. 외딴섬에 혼자 버려져 있는 고독감이 가슴 깊이 스며들었다. 모든 것을 홀로 생각하고 몸으로 부딪쳐야 했다.

"자갈밭에 굴러도 이승이 낫다", "회사가 전쟁터라면 밖은 지옥이다", "그래서 은퇴 준비는 빠를수록 좋다", "미리 준비하는 자만이 살아남는다"라는 문구는 노후 재테크 서적들의 선전 문구다.

'그럼 나는 지금 지옥에 살고 있는가?' 그 순간 새로운 세상이 열렸다. 직장과 가족부양의 책임과 의무에서 벗어나, 만나고 싶은 사람만 만나고 하고 싶은 일을 내 마음대로 할 수 있는 자유로움이 남았다. 언제 한 번이라도 나 자신만을 위해 열정을 불태웠던 적이 있었던가? 나만을 위하여 하고 싶은 것을 하는 세상. 그것이 천국이다. 지금 나는 내 인생에서 가장 빛나는 시간을 보내고 있다. 이런 선물은 하늘에서 그냥 주는 것이 아니다. 그만큼 준비가 되어 있었기 때문이다.

아침에 눈을 뜨면 많은 시간이 "오늘은 어떻게 보낼까요?" 하고 묻는다. 너무 많은 즐거운 일들이 차례를 기다리며 줄 서 있다. 오늘도 어떤 즐거움을 선택해야 할지 고민에 빠진다. 예전에 같이 했던 인연들이 정기모임, 취미, 운동, 등산과 같은 즐거움을 명목으로 선택을 기다리고 있다. 수채화를 배워 전시회도 했다. 책도 썼다. 노원 50+에서 책 쓴 경험을 강의도 했다. 지나고 보니 일 년 반 사이에 많은 일을 했다. 후반전을 위해 계획한 하프타임이 아직 일 년 반이나 남아 있다. 그사이 또 어떤 즐거움이 있을지? 설렌다.

매주 월요일은 국민연금공단 노후준비팀에서 운영하는 신중년을 위한 긱워크 연구소로 출근한다. 연구원들은 책을 출판한 경험이 있는 작가들이다. 한 주에 책 한 권을 읽고 일 년에 책 한 권을 쓴다는 "1111" 공통 목표를 공유하며 한 주를 계획한다.

책을 읽거나 쓰고, 강의안도 만들며 매주 교대로 두 시간씩 강의한다. 서로 다른 삶을 살아온 이야기들 속에 들어있는 아픔과 살아있는 경험은 감동 그 자체이다. 공감하며 배우는 아주 의미 있는 시간으로 한 주를 시작한다.

연구소는 우리은행에서 제공하는 명동과 신촌에 있는 시니어 센터를 이용한다. 예전에는 느끼지 못했던 기업의 사회 공헌 의미를 피부로 느끼며 감사함과 더불어 대가 없이 무임승차하는 죄스러운 기분도 있다. '나는 20년 전부터 우리은행과 거래해오는 주요 고객'이라는 사실로 애써 위안한다.

시니어 센터에서 우연히 입구에 놓여있는 "더+ 행복한 은퇴 이야기" 포스터를 보았다. "이것은 내 이야기"라는 생각이 뇌리를 스쳤다. 잊힌 기억들을 하나하나 *끄집어내어* 정리한다. 은퇴 이야기들이 머릿속에 가득 찬다.

II. 우선순위를 알게 되었다

예기치 못한 퇴직에 눈앞이 캄캄했다. 앞날을 생각하니 막막해졌다. 몇 주가 지난 후 차분히 내려앉은 냉정한 마음으로 주위를 돌아보고 나서야 내가 처한 현실을 깨닫게 되었다.

모든 것의 최우선 순위를 직장에 두고 몰입했던 자신을 되돌아보았다. 성공적인 직장 생활은 중요하나, 전부는 아니었다. 회사가 그 사람의 인생을 책임져 줄 수는 없다. 본인이 스스로 판단하고 개척해 가야 할 몫이다. 직장이란 울타리가 본인을 감싸 줄 때도 그 안에서 '홀로서기 연습'이 필요하다. 은퇴를 앞둔 중, 장년층뿐만 아니라 삼사십 대 직장인들에게도 해당하는 말이다. 젊었을 때 은퇴에 대해 생각해보는 것은 자신의 일생을 미리 관조해 볼 수 있기 때문에 삶을 보는 관점이 달라지게 하고, 미래를 위한 사전 준비도 하게 돕는다.

　나는 퇴직하고 나서야 비로소 나에게 굴레 지어진 모든 책임과 의무에서 벗어날 수 있었다. 가족부양 의무에서도 벗어났다. 완전한 자유인이 되었다. 삶의 우선순위를 회사나 가족에서 나 자신으로 바꾸었다.

　애초부터 삶의 우선순위는 '나'였어야 한다는 것을 너무 늦게 알았다.

III. 그만큼 준비를 하고 있었다

　실적이 특히 안 좋았던 퇴직 7년 전, 벌써 해고를 예상하고 책상 앞에 앉아 치열하게 살아온 직장 생활을 되돌아보고 앞날을 생각해보았다. '앞으로는 어떻게 살지?'라는 의문이 머릿속을 맴돌았다. 서점에 가서 책을 찾아보았다. 모두 은퇴를 위한 재테크 관련 책들이 대부분이었다.

　"어떻게 살아라"라고 답을 주는 책은 찾아보기 힘들었다. 그만두었을 때 '무엇을 하고 지낼 것인가?' 인터넷을 검색하고, 선배들의 이야기를 들어보며 나름대로 세 가지 원칙을 세웠다. 퇴직 전까지는 가능한 저축을 늘린다. 버리는 연습을 한다. 퇴직 후에는 지금까지 삼십여 년을 해온 일에서 벗어나 새로운 일로 남은 생을 살아가기로 했다.

★ 저축을 늘렸다

자녀들이 직장에 다니고, 군 복무로 지출비용이 들지 않아 퇴직 전 5년 동안 월급 대부분으로 연금저축을 했다. 삼 년 후에는 매월 손에 들어올 든든한 고정수입이다. 또, 퇴직금을 IRP 계좌로 변환 운용했으나 시류 변화에 무관심해서 별 효과를 보지 못했다.

수입보다는 지출에 대한 욕심을 버리거나 포기했다. 지출의 가장 큰 부분은 자녀 교육비와 결혼 자금이다. '자기 밥그릇은 갖고 이 세상에 태어난다'라는 믿음과 '교육은 지식보다는 폭넓은 사고와 자유로움을 기본으로 하는 사람됨이 우선'이라는 생각에 사교육은 본인이 요청하지 않는 한 시키지 않았다. 운이 좋아 등록금은 회사에서 부담해 주었다. 그 결과 교육비와 사교육비 대부분이 저축으로 이어졌고, 노후생활을 준비하는 기반이 되었다.

결혼에 대해서도 심도 있는 이야기를 나누었다. "노후자금을 결혼비용으로 투입할 수는 없다. 지원하더라도 여유 자금이 있을 때 한다. 자녀들은 비용을 벌 수 있는 충분한 시간과 능력이 있지만, 노후자금을 투입하면 우리는 그것을 보충할 수 있는 여력이 없다" 라는 예를 들어 설명했다. 본인들도 어쩔 수 없는 상황을 이해하고 수긍했다.

부모님의 창업에 도움을 주기 위해 살던 집을 매각하고 우리은행 대출을 받아 매입했던 상가는 대출금을 다 갚고 운 좋게도 월별 고정수입으로 임대료가 발생하고 있다.

월별 고정수입을 늘리려는 욕심에 대출을 받아 분양형 호텔에 투자했다가 위탁 운영사와 소유주 간 분쟁으로 손실을 보고 이자를 부담하는 쓰라린 실패도 맛보았다. '욕심에 사로잡혀 사리를 분별하지 못한 죄.' 그 대가로 내 은퇴 생활의 커다란 부분을 내어놓아야 한다는 사실도 잘 알고 있다. 수입이 적더라도 욕심내지 않고 맞추어 살기로 결심했다.

행복은 물질에서가 아니라 가슴에서 나온다.

아직도 버리는 연습을 한다

욕심을 버리는 일은 생각보다 쉽지 않다. 버려야 한다고 머리는 생각하지만 생각대로 되질 않는다. 새로운 일에 대한 욕심과 기존 인연들과의 즐거움을 줄여나가야 한다고 생각은 하나 정작 중요한 건강 문제는 이런 것들에 밀려나 있다.

"건강을 잃으면 모든 것을 잃는다"는 것도 잘 안다. 문제는 더 가지려는 욕심이다. 욕심을 버리는 연습은 아마도 평생을 가야 할지도 모르겠다.

★ 새로운 일로 남은 생을 살아간다

지금까지 이공계 전문분야를 직업으로 살아오며 늘 해보고 싶었던 것은 인문학이었다.

그런 이유로 퇴직 후 몇 곳에서 온 재취업 제의를 거절하고, 보수는 얼마 안 되지만 비상근을 조건으로 30여 년의 전문지식과 경험을 활용할 수 있는 자문역으로 재취업했다.

그것도 삼 년으로 기한을 정했다. 기존에 해오던 전문분야와는 단절하고, 인생 후반전은 새로운 일로 출발하고 싶었기 때문이다. 인문학 중에서도 한시와 중국사에 매료되어 있었다.

현역 시절부터 한자 2, 3급을 공부했고, 꿈을 키우기 위해 직장과 병행하여 대학 중어중문학과를 졸업했다. 공학에서 문학사로 전문분야가 바뀐 것이다. 대학원까지 진학하려 하였으나 면접에서 떨어졌다. 세상은 생각처럼 만만하지 않았다.

새 술은 새 부대에 담는 마음으로 부족한 부분을 계속 보완해 나갈 생각이다.

퇴직 7년 전부터 은퇴 준비를 하게 되었다. 이런 사전 준비는 이어질 은퇴 생활에서 선택의 폭을 넓혀 줄 것이라 생각한다.

IV. 내 인생의 선물

퇴직 후 이런 날이 올 줄 꿈에도 몰랐다. 젊은 날 공부하고 열심히 일한 보상 같은 나날이다. 마치 선물 같은 느낌이다.

★ 여행은 선물이었다

젊은 시절 감동으로 다가와 가슴속에 각인되어 있던 〈알함브라 궁전의 추억〉이라는 기타 곡의 신비로움과 애절함, 밤새워 읽었던 톨스토이의 〈안나 카레니나〉와 〈전쟁과 평화〉의 배경이 되었던 상상의 도시 상트페테르부르크, 가슴을 울리던 노래 〈엘 콘도르 파사(철새는 날아가고)〉의 본고장 페루를 40년 후에 직접 가서 보고 느낄 것이라고는 전혀 상상하지도 못했었다.

꿈이라도 꾸었으면 "꿈은 이루어진다"라고 말했겠지만, 그 꿈도 꾸지 못했던 일이 나에게 생겼다. '여행이란 무엇인가?'라고 내게 묻는다면 '선물'이라고 즉시 답할 수 있다.

★ 그림을 배우기 시작했다

내가 가장 잘한 일 중 하나는 은퇴하고 나서 그림을 배우기 시작한 일이다.

새하얀 도화지에 세룰리안블루로 하늘을 색칠하고 흰 여백으로 뭉게구름을 만든다. 멀리 수평선을 그린 다음 코발트블루로 바다를 칠하고, 흰 여백으로 돛단배를 그린다. 앞부분에는 조그만 집을 그리고 초록색 나무도 그릴 수 있다. 그렇게 상상의 나래를 펴면 맑고, 투명하고, 깨끗한 그림이 완성된다.

같은 취미를 가진 사람들이 매주 모여서 같이 그림을 그리는 시간은 즐거움이다. 그림을 그리러 가는 시간조차 가슴을 뛰게 한다. 회원들이 한 주 동안 그린 그림에 대한 기대와 감상하는 즐거움이 있다. 회원들에게 보여줄 몇 점의 그림을 그리며 지나가는 한 주는 무척 빠르게 지나간다.

그림을 배운 지 1년 반이 지났다. 전시회도 했다. 한장 한장 그림을 완성할 때마다 스토리들이 하나씩 쌓인다. 더불어 성취감도 쌓인다. 몰입하다 보면 그림에 빠져들어 잊어버린 시간이 쌓이고 결과물도 쌓인다.

★ 살아온 흔적을 남기고 싶었다

나는 우연한 기회에 책을 썼다. 작가 탄생 프로젝트와 전자책 제작 강의를 수강하고 두 달 만에 책을 쓰고, 편집하여 직접 전자책으로 출판했다. 책을 쓰기 위해서는 주제가 있어야 하고, 자료수집과 조사가 선행되어야 한다. 책을 쓸 당시 나에게는 아무것도 준비된 자료가 없었다. 다만 머릿속에 어렴풋한 주제와 경험밖에 없었다. 그럼에도 무작정 글을 써서 책을 완성했다. 책을 쓰고 달라진 것은 나도 책을 쓸 수 있다는 자신감이 생겼다는 점이다.

새로운 분야에 진출할 수 있는 플랫폼이 생겨 책 쓰기 강사, 직장생활 및 은퇴 관련 강사로 진출하여 재능기부도 할 수 있다. 그 분야의 책을 쓴 사람은 전문성을 인정받는다. 누구나 인정하는 경력이 생겼다. 나를 아는 지인들이 나를 보는 시선이 달라졌다. 30년 동안 같이 산 아내는 나를 저 인간에서 저 사람으로 바꿔 생각하고, 별로 대화를 나누지 못했던 자식들은 책 한 권으로 아버지의 모든 것을 이해했다. 친구들은 나를 작가라고 부른다. 무엇보다도 지인들과 수년을 만나야 나눌 수 있는 분량의 대화를 책 한 권으로 해결했다. 내가 살아온 흔적을 남겨서 후세 사람들에게 부끄럽지 않을 것 같다.

책 한 권 쓴 것으로 세상이 이렇게 달라졌다.

★ 강의라는 신세계를 경험했다

책 쓰기 강의를 같이 수강하고 전자출판을 한 팀원들이 올해 초에 모집하는 노원 50 플러스 강좌에 책 쓰기 강의를 응모해 강사로 선정되었다. 내가 책 쓴 경험을 바탕으로 누구나 책을 쓸 수 있다는 "무작정 책 쓰기"라는 주제로 강의안을 준비했다. 유튜브로 파워포인트를 배우고, 동영상 편집을 배워서 강의안을 만들었다. 교안을 만들고, 연습하며 4개월이 흘렀다.

한 가지 일에 몰두할 때면 그 일이 끝날 때까지 다른 일은 못 하는 것이 나의 단점이다. 너무 많은 시간과 에너지를 소모했다. 좋아하는 그림과 취미생활을 할 수도 없었고, 이것은 은퇴 후 여가생활과는 동떨어진 강행군이었다. 올해의 목표로 삼은 체중 감량을 할 여유도 없었다. 현직에 있을 때보다 더한 스트레스를 받고 있었다.

두 시간 강의를 위해 4개월을 투입하는 바보 같은 짓은 하지 않기로 결심했다. 그 한 번을 끝으로 다시는 강의를 하지 않겠다고 마음먹었다.

내 인생의 첫 강의가 끝나고 수강생 두 명이 찾아왔다. 한 명은 쓸까 말까 망설이던 중에 강의를 듣고 쓰기로 결심했다고 했다. 또한 명은 강사의 책 쓴 경험을 듣고 감동하여 예정된 여행 계획을 취소하고 책을 쓰기로 마음먹었다고 했다. 그 말을 듣는 순간 4개월 동안의 고생이 눈 녹듯이 사라졌다. 내 강의가 다른 사람의 생각에 영향을 끼칠 수 있다는 사실이 가슴 깊은 곳에서 우러나오는 감동으로 다가왔다. 그런 감동에 살아가는 보람을 느꼈다. 얼마 후 2학기 강사 모집 마감 날에 밤을 새우며 새로운 강의 계획을 쓰는 나를 발견했다. 보기 좋게 떨어졌지만, 나를 찾아왔던 수강생 두 명은 책을 써서 출판했다.

V. 반전이 기다리고 있다

작년 초부터 시작된 은퇴 생활은 여유롭고 한가할 줄 알았다.

시작과 동시에 그림을 시작했고, 그해 5월에는 금연을 했다. 8월에는 우연히 책 쓰기 강좌의 영향을 받아 책을 써서 10월에 전자책을 출판하고, 11월에는 그림 전시회도 했다. 1년이 지난 5월에는 전혀 생각하지도 못했던 강사가 되어 있었다.

이를 기반으로 긱워크 연구원이 되어 인생 후반전을 설계하고 있다. '우연'이 반전이 되고 그 반전을 기반으로 또 다른 반전이 나타났다. 반전의 가장 큰 기반은 책을 출판한 것과 좋은 사람들과의 만남이었다.

세상을 살다 보면 여기저기 예측하지 못한 반전들이 숨어 있다. 그래서 인생은 살만한 가치가 있다. 앞으로 또 어떤 반전이 기다릴지 설렌다.

'나는 최근까지 살아오면서 운이 참 좋았어, 덕분에 즐겁게 살았지'라고 생각했다. 그러나 그게 아니었다. 다가오는 수많은 굴곡을 직접 몸으로 부딪치며, 묵묵히 헤치고 나온 것이다. 그리고 나오는 순간 잊어버렸다. 지금 이 순간 나 자신에게 "수고했다 고생했다"며 어깨를 토닥토닥 두드려 주고 싶다.

이제 시작될 후반전은 수많은 굴곡을 극복한 보상으로 주어진 '내 인생의 선물'이다.

포장 속에 들어있는 내용물은 나도 궁금하다.

다만 기쁨과 즐거움으로 가득한 반전이 기다리고 있을 것이라고 예감한다.

[인터뷰] 침체된 내수 시장의 희망, '액티브 시니어'

출처. 이코노미조선, 2019.09.20.

풍요로운 베이비붐 세대 은퇴
여유 있고 활기찬 인생 2막
디지털 익숙하고 취향 확고해

대기업 건설 회사에서 영업 부문 상무를 지내다 지난해 1월 은퇴한 권하진(63)씨는 요즘 "아침에 눈 뜨는 것이 즐겁다"고 말한다. 출근 시간을 위해 회사에 가지 않아도 되고, 못 마시는 술을 마실 이유도 없기 때문이다. 권 씨는 매주 화요일엔 수채화 수업을 듣는다. 퇴직 직후부터 집필을 시작한 '신중년, 내 인생의 선물'이라는 책을 올해 초 출판하기도 했다. 50세 이상 은퇴자를 위한 책 쓰기 강연의 강사로도 활약했다. 1984년부터 꼬박 34년간 다닌 직장을 나온 후 권 씨의 인생은 완전히 달라졌다. 권 씨는 "퇴직 직후엔 내 인생이 끝나는구나 싶어 심란했는데, 6개월 정도 지나고 나니 새로운 삶을 시작하는 느낌이 들어 무척 좋다"고 말했다.

Plus point. 액티브 시니어가 사는 법
: 퇴직 후 삶, 책으로 냈죠. 매일 행복한 전직 건설사 상무님

▶ **퇴직 후 느낀 감정**

"내 인생이 끝나는구나 싶었는데, 정작 일을 그만두고 6개월 정도 지나니까 새로운 삶을 시작하는 느낌이 무척 좋다."

▶ **취미**

"스키·수상스키·바둑·등산 등을 했고 은퇴 후 새로 시작한 취미는 그림 그리기다. 화요일마다 수채화 수업을 받는다. 그림을 그리는 순간에는 몰입할 수 있어 좋다."

▶ **퇴직 후 하루 일과**

"나의 하루를 어떻게 보낼지 선택권이 생겼다는 점에서 퇴직 전과 큰 차이가 있다. 내가 하고 싶은 일만 하면서 하루를 보내도 된다. 아침에 눈을 뜨는 것이 즐겁다. 월요일에는 긱워크 연구소에 출근을 하고, 화요일은 수채화를 배운다. 수, 목, 금은 자유 시간으로 비워두었는데 독서 및 글쓰기, 정기모임, 등산, 골프 등 현역시절보다 바쁘다."

▶ **퇴직 후 가장 기억에 남는 일**

"1년 반 동안 준비해 '신중년, 내 인생의 선물'이라는 책을 냈다. 직장 생활, 퇴직 이후의 삶에 대해 쓴 책이다. 올해 초에는 책 쓰기에 대해 '노원 50플러스센터(서울 노원구의 50세 이상을 대상으로 하는 교육기관)'에서 강의를 했다. 강의 준비가 생각보다 힘들어서 후회했다. 그런데 강의를 들은 수강생이 '나도 책을 쓰겠다.'고 찾아왔을 때 감동이 북받쳤다. 누군가의 삶에 영향을 줄 수 있다는 것, 그 자체로 참 행복했다."

▶ 노후 걱정은 없는지

"퇴직 전에 저축을 많이 해놓아서 노후 걱정은 없다. 매월 일정 생활비를 손에 쥘 수 있게 설계해 놨다. 국민연금도 올해 7월부터 나오고 있다. 그리고 이전 직장에 출근은 하지 않지만 한 달에 한 번 정도 자문을 하고 조금씩 수당을 받는다. 스카우트 제의가 왔던 적도 있지만 거절했다."

▶ '나이 듦'에 대한 생각

"나이 든다는 것은 선물이다. 나이가 드니 비로소 무척 행복하다. '누구를 먹여 살려야 한다'는 책임감을 느끼지 않아도 된다. 그저 나 즐거운 것만 하면서 살아가도 된다는 것이 소중하고 감사하다."

_http://news.chosun.com/site/data/html_dir/2019/09/16/2019091601716.html

수채화 전시회 출품작

권 하 진 회원

이젠 그림이 싫어진다.
그리며 생각이 너무 많아졌다.
손이 따라가질 못한다.
예전과 달리 수정 보완할 부분이 많아졌다.

속도도 더디다.
그림이 부끄러워진다. 싫어진다.
그럼에도 계속 그리는 이유는
하늘이 준 선물이기 때문이다.

낙조

한강에서

어느 가을 오후

신복 3리에서

옛 이야기

▼ 아래의 QR코드를 통해 핸드폰에서 수채화 컬러 원본을 볼 수 있습니다.

epilogue

발가벗었지만 부끄럽지 않은…

두 달 동안 미친 듯이 원고를 써내려갔다.

어쩔 수 없는 일을 제외하고는 다 취소했다. 원고에 매달렸다. 새벽에 일어나 밤에 잠자리에 들 때까지 모든 초점을 원고에 집중했다. 일생에 처음으로 책을 쓰면서 '나는 내 삶을 참 가볍게 살았구나' 하는 생각이 들었다. 수십 년을 살아오며 수많은 생의 굴곡이 있었는데, 거기에 대한 느낌 또는 반성의 기록 하나 없이 살아온 것이 심히 부끄러웠다. 아무것도 없는 백지상태에서 반성문을 쓰듯이 글을 쓰기 시작했다.

내가 최근까지 익숙했던 중년의 직장 생활에서 느끼는 희로애락과 신중년을 위한 준비의 초점을 책에 맞추었다. 기억 저편에 깊이 숨겨진 기억들을 하나하나 끄집어내어 정리하기 시작했다. 잊어버렸던 기억들도 하나둘 꼬리를 물고 끌려 나와, 빨랫줄에 빨래 널려 있듯이 널려, 정리되길 기다리고 있었다.

'나는 최근까지 살아오면서 운이 참 좋았어, 덕분에 즐겁게 살았지'라고 생각했다. 그러나 그게 아니었다. 다가오는 수많은 굴곡을 직접 몸으로 부닥치며, 묵묵히 헤치고 나온 것이었다. 그리고 나오는 순간 잊어버린 것뿐이다. 지금 이 순간 나 자신에게 '고생했다, 수고했다'며 어깨를 토닥토닥 두드려 주고 싶다.

중년이 되었을 때, 진로에 대한 고민을 많이 했었다. '중년이 되었으면 알아서 하겠지'라고 생각했는지 선배들의 조언도 없었다. 서점에 가서 책을 찾아보아도 온통 재테크 서적뿐이었다. 긴 시간이 지났다. 그리고 이 책을 쓰면서 내가 치열하게 살았던 중년의 경험을 끄집어내어 정리하며 '내가 무엇을 하고 싶은가?'를 분명히 알았다.

비록 늦었지만 차근차근 준비하고 있다. 이 책을 필두로 과거의 경험뿐만 아니라 앞으로의 경험도 차곡차곡 축적해 놓을 생각이다.

"그 사람의 과거를 보면 미래를 알 수 있다"라는 말이 있다. 이 책을 쓰면서 내가 생각하는 미래도 구체화되었다. 생각만 해도 가슴이 뛴다. 물론 기쁘고 즐거울 것이라는 사실은 제쳐 두고라도 말이다. 글을 쓰는 고통과 그림을 그리며 느끼는 몰입, 이 모두에서 느껴지는 기쁨과 성취감이 무엇인지 이제는 안다.

시간에 쫓기는 채로 두 달 내내 이 책을 쓰면서 행복했다. 계속 책상에 앉아서 지냈다. 오직 경험과 기억에 의지해서 썼기 때문에 무척 어려운 작업이었다. 강행군을 거듭하여 이제 책을 끝냈다. 다 쓰고 나니 이제는 벌거벗겨져 길가에 내동댕이쳐진 것처럼 부끄러워진다. "남들이 당신을 어떻게 생각할까 너무 걱정하지 마라, 남들은 그렇게 당신에 대해 많이 생각하지 않는다"라고 말한 엘레 노어 루스벨트의 말처럼 그렇게 생각하며 위안한다.

모두를 그렇게 괴롭히던 더위는 그런 시절이 언제 있었냐는 듯 가버리고, 짙은 초록으로 물들었던 숲도 이제는 그 빛을 잃어 간다. 두 달 동안 겪었던 인고의 세월도, 막다른 골목까지 시간에 쫓겨서 초읽기를 하던 초조감도 이젠 끝나간다.

아무것도 없는 백지상태에서, 축적된 자료도 없이, 한글 프로그램을 배워가며, 두 달 만에 책 한 권을 썼다.

내가 경험하고 생각했던 그 모든 것을 끄집어내어 이 책에 쏟아부었다. 그리고 내게 주어진 두 달이란 시간도 이 책에 부어버렸다.

힘든 시간을 잘 버티며 끝냈다는 감사의 인사를 자신에게 하고 싶다. 좀 더 열심히 쓰지 못한 아쉬움도 남는다. 그러나 내가 할 수 있는 최선을 다했다. 옷이 벗겨지는 것 같은 부끄러움도 있었지만, 이 책을 쓰는 내내 행복했다.

이 책이 중년을 사는 사람들에게 모범답안은 아니지만, 이런 삶도 있다는 것을 알려주고 싶었다.

어려운 시대를 살아가는 중년에게, 무거운 어깨를 토닥토닥 두드려
주는 위안이 되었으면 하는 바람이다.